엄마가 없다고
매일
슬프진 않아

작가의 말

책임을 다하려는 부모와
그의 아이는 응원받아 마땅하다

이 책을 쓰기까지 많은 용기가 필요했다. 부모의 아픔과 어린 시절의 슬픔을 스스로 들춰내는 건 결코 쉽지 않은 결정이었다. 가까운 누군가는 그 정도 일로 얼마나 슬프고 할 말이 많기에 책으로 내느냐고 묻기도 했다.

나는 그저 나와 비슷한 경험을 하며 자란 사람들이 적지 않으니 그들에게 이제 솔직하게 상처를 드러내 놓고 이야기하자고 말하고 싶었다. 서로의 아픔에 공감하다 보면 누구의 잘못도 아니었음을 깨닫고 오랫동안 묻어두기만 했던 상처도 자연히 치유될 거라 믿기 때문이다. 다행히 요즘은 이혼이나 한 부모 가정에 대한 사람들의 생각도 많이 바뀌었다. 대놓고 '애미(애비) 없는 ×' 소릴

듣는 일도 거의 없다. 듣는다 해도 최소한 그 말을 내뱉은 당사자가 비난받는 시대가 되었다. 최근에는 이혼 후 혼자 아이를 키우는 예능 프로그램이 인기리에 방영되고 있다. 많은 시청자들이 공감하고 응원을 보내는 것만 보아도 이혼이 흉이기만 하던 시대의 종말이 머지않았음을 알 수 있다.

그렇기 때문에 한 부모 가정에서 자라는 아이에게 가족의 현 상황을 감추려고만 든다면 아이는 영문도 모른 채 자기 자신을 부끄러워하고 자신감을 잃고 살아갈지도 모른다. 나 역시 한때는 한 부모 가정이라는 프레임을 씌우고 나를 평가할까 봐 가능한 한쪽 부모의 부재를 주위에 알리지 않은 채 조심스럽게 살았었다. 그러나 이러한 결정이 일시적으로 불편한 상황을 모면하게 만들 수는 있어도 장기적으로는 옳은 결정이 아니었음을 알게 되었다.

용기를 내서 나의 이야기를 꺼내게 된 또 다른 이유는 나와 같은 이들이 어떠한 현실 속에 살아가는지를 많은 사람이 알게 된다면 우리를 무작정 비난하거나 편견을 가지고 바라보지 않을 것이라 생각에서였다. 이러한 편견은 한 부모 가정의 아이들은 부모가 모두 있는 가정에 비해 사랑과 관심을 덜 받을 거라고 짐작하는 데서 비롯되곤 한다. 그러나 한 부모 가정도 부모의 진실성과 관심에 따라 끈끈한 유대로 공고히 결속된다는 것을 전하고 싶다. 내가 자라 온 환경이 내게 시련만을 남기지는 않았으며 오히려 결핍은 목표를 이루고자 하는 원동력이 되었다고, 한 부모 가정이라고 해서 사람들이 우려하는 문제아인 삶을 사는 것만은 아니라고 말이다.

생각보다 한 부모이냐 아니냐는 중요하지 않았다. 부모님이 두 분 모두 계셔도 사랑과 관심을 충분히 받지 못한다면 아이는 가슴 한쪽에 늘 내적 고통을 안은 채 살아갈 것이다. 나는 나의 삶을 통해 가정의 형태보다 '부모와 자녀가 어떤 관계를 유지하며 살아왔는가'와 '어떠한 사회의 인식 속에서 살아왔는가'가 중요하다는 걸 깨달았다. 한 부모 가정의 자녀이기만 할 때보다 가정을 꾸리고 아이를 낳아 기르게 되면서 가정과 사회를 바라보는 나의 시각은 조금 더 넓어졌고, 그에 따라 가족의 유대가 아이들의 정서에 어떤 영향을 주는지 조금씩 알게 되었다. 이렇게 자녀와 부모 입장 모두를 겪어 본 사람으로서 '한 부모 가정'이라는 세계의 이야기를 풀어 나가려 한다.

아울러 이 글을 통해 배우자와 헤어졌어도 부모로서 책임을 다하려는 사람들을 응원한다. 더불어 나의 잘못이 아니었던 일임에도 나를 한없이 깎아내리며 학대하고 사랑하지 못한 시간이 얼마나 무가치한 일이었는지 깨달았기에 한쪽 부모의 부재로 혼자 고민하고 있을 이들에게 깊고 진실한 위로를 건네고 싶다. 나의 이야기를 통해 나와 같은 한 부모 가정의 부모와 자녀들이 희망을 얻고 편견 어린 시선에서 벗어나 당당하게 살아갈 수 있기를 바란다.

박정은

차례

PART 2

아빠가 가르쳐 준 모든 것

PART 3

인생 엄마를 만나다

PART 4

다시 만난 세 식구

PART 1

어느 날,

엄마가
사라졌다

엄마는
미국 갔어

"엄마는 공부하러 미국 갔어."

엄마는 어디에 있냐고 묻는 내게 할머니와 고모는 이렇게 말했다. 미국 정도면 유치원생이 느끼기에 가장 먼 나라라고 여겼던 걸까. 몇 번이나 다시 물어도 같은 대답이 돌아왔다.

할머니는 자식에게도 손녀인 나에게도 무뚝뚝한 분이었다. 할머니의 사랑 표현은 그저 유치원복을 하얗게 빨아 깃을 빳빳하게 다려 주는 것이었다. 맛난 밥을 차려 주고 좋은 옷을 입혀 주었지만 다정하게 안아 주거나 투정을 받아 주는 분은 아니었다. 엄마를 잃은 손녀는 못내 안쓰러웠지만 품에 안아 위로해 줄 줄은 몰랐던 할머니. 그런 할머니는 내게 아빠와 엄마가 이혼했다는 사실을 숨기고 엄마의 부재를 그저 '미국 유학 중'이라고 둘러댔다. 엄마가 아주 떠난 줄도 모르고 나는 종종 청승맞게 눈물을 흘리며 묻곤 했다.

"그럼 엄마는 언제 공부 끝나고 와?"

이 복잡한 상황을 미취학 아동에게 쉽게 이해시킬 수 없어 난감해진 고모와 할머니는 거짓말을 할 수밖에 없었다.

얼마나 대단한 엄마길래 뭔 놈의 공부를 미국씩이나 가서 하는지. 똑똑하면 공부를 빨리 마치고 올 수 있을 텐데 왜 이렇게 오래 걸리는지. 원망과 그리움이 뒤엉켜 어느 것이 먼저인지도 모르겠을 즈음, 엄마의 유학은 사실이 아니었음을 알게 되었다. '아빠랑 엄마는 이혼했어'라고 정확히 말해 주지 않아도 나는 언제부터인가 다시는 엄마를 볼 수 없다는 걸 어렴풋하게 느낄 수 있었다.

초등학생이 되고 한참 지나서야 할머니가 장롱 속에 깊이 보관한 누렇게 빛바랜 앨범 속에서 처음으로 엄마 얼굴을 보았다. 겨우 한두 장 남아 있던 사진 속 엄마는 새색시처럼 한복 위에 하얀 앞치마를 두른 채 주방 일을 거들고 있었다. 비록 얼굴의 반을 차지하는 안경에 가려 정확한 생김새는 알 수 없었지만 늘 상상만 하던 존재의 모습을 보고 있자니 가슴이 울렁거렸다.

어린 나에게 엄마란 함께한 기억이 없어도 늘 그리운 존재였다. 유치원엔 아이들의 놀잇감으로 비치해 놓은 빈 용기들이 있었는데 어떤 병은 엄마가 쓰던 크림통이 었는지 좋은 향기가 났다. 나는 그게 엄마 냄새라고 생 각했다. 빈 병에 코를 박고 냄새를 맡을 때면 가슴 한가 득 그리움이 밀려왔다. 특히 부드러운 꽃향기가 나는 둥 근 유리병은 내게 엄마의 상징과도 같은 것이었다.

고모라 하지 말고
엄마라고 불러

'딩동'

오랜만에 큰고모가 두 손 가득 선물을 사 들고 집에 왔다. 큰고모는 빈손으로 찾아오는 법이 없었다. 하지만 그날따라 그녀의 손엔 선물 대신 피크닉 바구니가 들려 있었다. 나의 유치원 소풍을 준비하기 위해서였다.

"이 바구니 너무 예쁘지 않니?"

예쁘고 아기자기한 걸 좋아하는 큰고모는 한 톤 높아진 목소리로 말했다.

"여기에 샌드위치를 싸서 넣고, 쿠키랑 바나나도 가

저갈 거야."

디자이너였던 큰고모는 벌써 음식 색과 모양에 따라 어떻게 소풍 도시락을 쌀지 구상해 놓은 모양이었다.

유치원에서는 엄마와 함께 소풍을 오라고 했지만 엄마가 없는 나는 큰고모와 가기로 했다. 큰고모가 일일 엄마인 셈이었다. 다른 친구들은 엄마가 새벽에 일어나 소소하지만 맛깔난 김밥을 싸 주겠지만 올케는 없어도 자존심은 높았던 고모들은 보통의 김밥 도시락을 준비할 수 없었다. 비록 아빠의 이혼을 아무도 알지 못했지만 화려한 도시락으로 그들만 느끼는 다친 자존심을 가리려는 것처럼 보였다.

두 고모는 전날 밤부터 오이를 절이고 햄과 식빵을 각 잡아 썰어 샌드위치를 싸기 시작했다. 알프스 소녀 하이디가 가지고 다닐 법한 피크닉 바구니가 사뭇 비장해 보였다. 바구니를 챙겨 부러 걸음 한 큰고모가 결혼하지 않고 혼자 사는 게 다행이다 싶었다. 함께 살던 작은고모는 다리가 아파 함께 갈 수 없었기 때문이다.

내가 유치원에 다니던 1980년대만 하더라도 이혼은 큰 흉이었다. 대부분의 사람은 보수적이었고, 요즘처럼 이혼을 누구에게나 있을 법한 일로 여기지 않았다. 그게 우리가 일일 엄마를 만든 이유였다.

"고모라고 하지 말고 엄마라고 불러, 알았지?"

집을 나서며 큰고모는 내게 밖에서 자신을 어떻게 불러야 할지 당부했지만 나는 차마 고모를 엄마라고 부를 수 없었다. 말이 트이고부터 한 번도 엄마를 불러 본 적이 없는 데다 고모는… 고모였기 때문이다. 나는 내 입에서 '고모' 소리가 조금이라도 새어 나올까 싶어 차라리 입을 꾹 다무는 편을 택했다. 침묵도 거짓이라면 나는 선생님과 친구들을 본의 아니게 속인 셈이었다.

소풍 장소인 유원지에 도착해 잠시 화장실에 들렀을 때 나는 거울에 비친 내 얼굴을 흘깃 보았다. <TV 유치원 하나, 둘, 셋>에서 본 거짓말을 하면 코가 길어지는 피노키오가 생각났다. 공포와 서러움이 밀려와 괜스레 코끝이 찌릿했다.

'나도 친구들처럼 진짜 엄마랑 게임도 하고 보물도 찾고 싶은데. 우리 엄마는 대체 언제 오는 거야.' 모두가 즐거운 소풍날, 나는 친구들과 진심으로 어울려 놀 수 없었다. 고모를 엄마라고 속이고 소풍을 왔다는 사실이 마음을 불안하게 했기 때문이다. 다행인 것은 큰고모가 엄마 역할을 해 준 덕에 어른들의 바람대로 나는 친구들에게 엄마가 없다고 놀림을 받거나 무시당하는 일은 없었다. 하지만 그날은 내게 '부모님의 이혼은 반드시 감추어야 할 일'이라는 것을 온몸으로 체감한 날이었다.

키우기 쉬운
순한 아이

네 살 무렵의 나는 뒤로 걷는 걸 좋아했다. 뒷걸음질을 쳐 보니 앞으로 걸을 때와는 사뭇 다른 요상한 느낌이 재미있었던 것 같다.

무더웠던 여름의 어느 날도 나는 마당에서 뒤로 걸으며 놀고 있었다. 작은고모는 마당 한쪽에서 고무 수조에 담긴 찬물과 솥에 담긴 펄펄 끓인 뜨거운 물을 적당히 섞어 머리를 감고 있었다. 뒤로 걷는 놀이에 너무 열중했던 나는 위험한 줄도 모르고 작은고모 주변을 뒤로 걸었다. 그러다 내 발에 내가 걸려 뜨거운 물이 담긴 솥에 나자빠지고 말았다. 엉덩이부터 빠진 탓에 나는 일어나지도 못하고 버둥거리며 울음만 터뜨렸다. 순식간에 일어난 일에 당황한 작은고모는 곧바로 나를 일으켜 세우지 못했다. 그때 마침 집안일을 도와주던 언니가 뛰어와 나를 들어 올려 찬물에 집어 던졌다. 데인 살갗이 벗겨져 물에 둥둥 떠올랐다. 뒤늦게 소식을 들은 아빠는 모임에 참석하다 말고 부랴부랴 할머니 댁으로 달려와 나를 병원으로 데려갔다.

의사는 내 등부터 엉덩이, 허벅지까지 소독약을 들이부으며 죽은 피부의 표면을 긁어냈다. 그게 어찌나 고통스럽던지 자칫하면 정신을 놓고 까무룩 기절해 버릴 것 같았다. 끓는 물에 데였을 당시의 고통보다 소독할 때의 고통과 아찔한 소독약 냄새가 지금도 뚜렷하게 기억에 남은 이유다.

내가 큰 화상을 입었다는 소식은 아빠와 헤어진 지 얼마 되지 않았던 엄마에게도 전해졌다. 엄마는 곧장 병원에 찾아와 울면서 내 이름을 불렀다는데, 나는 아무 기억도 나지 않는다. 이제는 어디선가 마주친다 해도 알아볼 수 없을 정도로 아주 작은 기억조차 남아 있지 않다. 그날의 병문안을 끝으로 내가 마흔에 가까워진 지금까지 엄마를 단 한 번도 만나지 못했다. 나 역시 살아오면서 특별히 엄마를 찾아봐야겠다는 생각을 하지 않았고 미안해서인지, 할 말이 없어서인지, 지난 기억을 떠올리고 싶지 않아서인지, 어떤 이유에서건 그분 역시 지금껏 나와 동생을 찾지 않았다.

　나의 화상 치료기는 유년 시절 내내 친척들 사이에서 회자되었다. 어른도 참기 힘든 고통을 아이가 한 번도 큰 소리로 울지 않으며 견뎌 냈다는 내용이었다. 내가 입원한 병동에는 화상 치료를 받으며 소리 지르고 우는 아이가 허다했는데 나는 참을성이 대단했다고 어른들이 얘기해 주었다. 사실 그땐 '대단한 참을성'이 나의 장점인 줄 알았고 참는 게 미덕인 줄 알았다. 지금도 웬만해선 아프다고 티를 내지 않는다. 조용히 통증이 지나가길 기다릴 뿐이다. 누군가 내게 "다리에 멍이 들었네? 어쩌다 생긴 거야?"라고 물어도 언제 어떻게 멍이 생겼는지 잘 모르는 경우가 많다. 그만큼 아픔을 대수롭지 않게 생각하고 웬만한 건 참도록 프로그래밍이 된 것 같다. 어쩌면 나는 인내를 강요당했던 것 같다. 비명을 지

23

르지 않음으로 어른들의 마음을 아프게 하지 않는 순한 아이. 감당하기 버겁지 않은 아이로 자라길 바라던 어른들의 바람대로 '순하게' 자랐던 나는 한때 그들의 자랑이었다.

아이를 키우며 종종 내 어린 시절을 떠올리곤 한다. 아이가 넘어졌을 때 "아휴 아프겠다, 괜찮아?"라고 물으면 아이는 "응, 괜찮아!" 하며 씩씩한 척을 한다. 정말 괜찮을 수도 있겠지만 괜스레 마음이 쓰인다. 아플 땐 아프다고, 보고 싶은 사람은 보고 싶다고 말할 수 있어야 한다고, 이제야 나는 생각한다. 아프다고 티를 내야 상처가 곪기 전에 신속하게 치료할 수 있다.

나의 경우 상처를 어쩌지 못한 채 시간이 흘렀고 아무리 기다려도 엄마는 오지 않는다는 걸 알게 된 순간, 지루한 기다림을 그만하기로 했다. 상처가 곪기 시작한 건 그때부터였던 것 같다. 부모님의 이혼은 그렇게 다가왔다.

살가운 추억이
없습니다

✽

　SBS <미운 우리 새끼>에서 배우 배정남이 어린 시절 자신을 키워 준 하숙집 할머니와 재회하며 오열하는 장면이 방송을 탔다. 순간 시청률이 27%에 달했다니 꽤 많은 사람이 본 것 같다. 인터넷 기사로 먼저 접했던 나도 할머니와의 시간이 떠올라 방송을 찾아보았다.

　부모님의 이혼으로 한동안 혼자 살아야 했던 배정남은 하숙집 할머니의 따뜻한 보살핌을 받으며 자랐다. 피 한 방울 섞이지 않은 할머니는 그에게 따뜻한 밥을 차려 주고 항상 그의 편이 되어 주었다.

　나 역시 부모님이 이혼한 후 대략 일곱 살 때까지는 할머니와 작은고모 손에서 자랐다. 하지만 친할머니였음에도 할머니와의 곰살맞은 추억이 없다는 것은 아이러니다. 남아 있는 강렬한 기억이라곤 말수 없고 조용하던 내가 무슨 바람이 들었는지 효자손을 들고 가수 흉내를 냈을 때다. 그 모습을 본 할머니는 뒤로 넘어갈 만큼 크게 웃었다. 숨까지 다시 골라야 할 정도로 한껏 웃던 할머니의 모습은 그리 쉽게 볼 수 있는 게 아니었다. 그도 그럴 것이 몇 해 전 할아버지가 병환으로 집에서 치료를 받는 동안 온 가족이 환자의 안정을 위해 차분한 분위기 속에서 지내야 했다. 하지만 그런 가족의 노력에도 할아버지는 돌아가셨고, 한동안 온 가족은 웃음기 없는 나날을 보내야 했다. 그 덕에 내겐 아이 특유의 물색없는 천진함이 쏙 빠져 버렸다. 삶과 죽음, 만남과 헤어짐을 겪어 낸 나의 일곱 살은 또래보다 성숙할 수밖에 없었다.

살가운 추억이 그다지 많지 않은 또 다른 이유는 할머니가 무척이나 완벽을 추구했기 때문이다. 할머니와 고모는 가히 결벽증이라 할 만큼 완벽하게 집 안을 쓸고 닦았다. 손이 닿지 않는 높은 곳이나 깊숙한 곳이라도 예외는 없었다. 이사를 한다고 가구와 짐을 들어내도 먼지 덩어리 하나 보이지 않을 정도였다. 집은 늘 어디 하나

함부로 손댈 수 없는 유리알처럼 깨끗하고 반짝거렸다. 그 뒤에 쉼 없이 쓸고 닦는 노고가 있었지만 두 분은 그렇지 않은 척, 타인에겐 물 위를 우아하게 떠다니는 백조처럼 보이길 원했다.

그런 두 분에게 옷이란 조금이라도 구겨지거나 때가 타면 안 되는 일종의 성스러운 대상이었다. 당연히 놀이터에 가서 미끄럼틀을 타거나 흙장난을 하는 건 있을 수 없는 일이었다. 노쇠하고 몸이 아픈 두 분이 손이 많이 가는 나이의 아이 둘을 맡았으니 빨랫감이라도 덜어야 했을 것이다. 소극적인 데다 눈치를 보던 나는 놀이터에서 아이들과 맘껏 놀지 못했다. 유일한 놀이는 동생과 집에서 하는 소꿉장난뿐이었다. 그렇게 다른 친구들과 뛰어놀며 유대감을 가져 본 적이 없었기에 내게 초등학교 1학년, 그중에서도 체육 시간은 늘 고역이었다.

그래도 가끔 숨통을 터 주듯 큰고모가 찾아왔다. 보수적인 집안 분위기는 자유로운 영혼인 큰고모를 품을 수 없었다. 사업을 하던 큰고모는 독립해 살다 종종 우리를 보러 찾아오곤 했다. 세심하고 꼼꼼하긴 하지만 표현은 적은 작은고모와 달리, 큰고모는 감탄사도 크고 표현도 적극적이었다. 별것 아닌 일에도 "어머 어머, 너 정말 대단하다!"와 같은 감탄사를 지나치게 연발해서 종종 나를 머쓱하게 만들기도 했다.

곁에 없는 부모님 대신 큰고모를 통해 마음을 표현하는 법을 배웠고, 작은고모와 할머니를 통해서는 정돈된 생활 습관을 배웠다. 배정남이 부모님 없이도 사랑과 타인에 대한 관심을 배웠듯이 말이다. 그래서 부모의 자리가 빈다면 그 자리를 채워 줄 친척이나 지인이 있는 것만으로도 축복이라는 생각이 든다. 정서적인 허기까지 채워 줄 수 있는 보살핌이라면 더할 나위 없을 것이다. 그러니 주위에 어려운 상황 속에서도 올곧게 살아가려는 이가 있다면 그들에게 조금이라도 기대하는 바가 있음을 알려 주면 좋겠다. 열심히 살아보려 힘을 내는 누군가에게 당신의 도움과 관심이 축복일 수도 있으니 말이다.

아빠는 유괴범이
아니에요

"엄마 참 똥손이다, 그치?"

손이 야물지 못한 나는 아직도 딸의 머리를 깔끔하게 묶어 주지 못한다. 그럴 때면 촘촘한 빗과 분무기를 가지고 내 눈이 V 모양이 될 때까지 머리를 짱짱하게 '쫌매어' 주던 할머니 생각이 난다. 단순히 묶어 주었다고 하기엔 아까운 기술이었다. 앨범에 있는 사진을 다시 봐도 잔머리가 한 올도 내려오지 않게 싹싹 빗어 넘긴 '올백' 머리는 너무나도 완벽했다. 미끄럼틀 한 번 타지 못하게 했던 하얀 원피스를 입고 눈꼬리가 이마로 쭉 잡아 당겨진 채 미소를 지으며 동생과 어깨동무하고 있는 사진 속 내 모습엔 슬픔 따윈 없어 보였다. 시간의 단면만을 남겨서 곧잘 기억을 왜곡시키는 사진의 순기능이다.

고모가 싸 주던 얄미우리만큼 정갈한 도시락처럼 흠 잡을 데 없는 삶은 항상 다른 이의 시선을 염두에 두는 삶이기도 했다. 앞에서도 뒤에서도 우리에 대해 수군거리지 못하게 차단하려는 몸짓이었다. 그런 삶에 익숙한 고모와 할머니이기에 형제와 자식의 이혼 이야기는 공개된 자리에서 꺼내지 않았다.

뜯을 거리가 많은 먹잇감이 되지 않게 겉모습을 다듬을수록 그 안의 진실은 마주하기 어려웠다. 남의 눈을 의식하는 삶과 실제 삶의 괴리가 커질수록 마음은 공허해졌다. 좋은 옷과 음식도 따뜻한 손길과 포옹에 비할 수 없었다. 담배와 스킨향이 섞인 아빠의 품이 그리웠다. 하지만 아빠는 가끔 우리를 보러 왔다. 혼자 미취학 아동 둘을 돌보며 일까지 하는 게 쉽지 않았을 것이다. 그렇게 여섯 살은 서른 너댓 살을 이해하려 노력했다.

완벽한 겉모습은 사생활에 대한 정보를 발설하지 않는 조건 하에 만들어진다. 그런 면에서 할머니는 촘촘한 빗살만큼이나 빈틈을 찾기 어려운 분이었다. 그랬기에 가까운 이웃들에게도 '내가 무슨 죄를 지었기에 헤어진 아들 부부의 아이들을 맡아 키우는지 모르겠다'는 식의 신세 한탄은 하지 않았다. 유치원 버스가 매일 서던 동네 어귀 구멍가게 아주머니도 왜 할머니가 직접 손녀를 등·하원시키는지 이유를 몰랐다. 그저 직장에 나간 자식과 며느리를 대신해 할머니가 손녀를 돌본다고 생각했다. 노란색 승합차를 기다리다 손녀를 받아 들던 할머니 대신 검은 승합차를 탄 사람들이 하원하는 나를 데리고 가기 전까지는 그랬다.

그날도 여느 때와 다름없이 같은 시간에 노란색 승합차를 타고 하원하는 길이었다. 동네 어귀에 내리자마자 낯익은 목소리가 나를 불렀다.

"정은아!"

"어? 아빠!"

"어서 타, 아빠 친구들이랑 같이 왔어."

오랜만에 나와 동생을 보러 아빠가 온 것이었다. 반가운 마음에 나는 아빠에게 달려갔고 아빠는 친구들과 함께 타고 온 검은색 승합차에 나를 태우려 했다. 순간 구멍가게 아주머니의 다급한 목소리가 들려왔다.

"지금 뭐 하시는 거예요?!"

구멍가게 아주머니가 빠른 걸음으로 다가와 내 앞을 막아섰고, 아빠와 승합차에 앉아 있던 친구들은 모두 놀라며 동시에 민망한 표정을 지었다. 당시는 어린이 유괴 사건이 매일 같이 뉴스를 장식하던 1980년대였다. 구멍가게 아주머니는 '아저씨가 아이스크림 사 줄 테니 같이 가자'는 꼬임에 넘어간 아이가 낯선 차에 타려는 줄 알고 깜짝 놀라 소리쳤던 것이다. 아빠의 얼굴도, 아빠가 가끔 집에 온다는 것도, 나와 함께 있는 모습을 본 적도 없으니 그럴 만도 했다.

그날 할머니와 고모가 애써 감춰 온 진실은 밝혀졌고 이후 구멍가게 아주머니와는 어색하게 인사만 나누는 사이가 되었다. 어린 마음에 비밀을 들키지 않았더라면 서로 불편해지지도 않았을 것 같았다. 그러다 보니 가능한 한 나를 감추면 불편할 일이 덜 생기겠다는 생각마저 들었다.

상대에게 부족한 모습을 보이면 상대가 나를 싫어하거나 있는 그대로 받아들이지 못할 거라는 불안이 있었다. 나를 낳고 나를 가장 사랑해 주어야 할 존재가 나를 떠났다는 자체만으로 나는 늘 스스로가 탐탁지 않았다. 하지만 늦게나마 알게 된 건 내가 어떤 행동을 하더라도 상대방은 자신의 마음에 따라 나를 싫어할 수도 좋아할 수도 있다는 것이다. 그걸 깨달은 뒤로는 어떻게 해도 변하기 어려운 부분들은 빠르게 내려놓는 편이다. 단점을 보완하여 완벽하게 보이고자 하는 노력은 나 자신을 더 불안하고 초조하게 만들었기 때문이다. 타인에게 완벽하게 보이려 고군분투했던 시간에 장점을 좀 더 날카롭게 갈고 닦는 게 나을 뻔했다. 하지만 그땐 타인의 시선에서 자유롭기가 힘든 시절이었다.

아는 대로
말하고 싶어요

소아마비로 한쪽 다리가 불편해 독립하지 않았던 작은고모는 할머니와 함께 나와 동생의 실질적인 양육을 담당했다.

"늬 작은고모가 유치원 도시락에 매번 얼마나 정성을 쏟았는지 아니? 수박 한쪽, 딸기 두 개라고 알림장에 적어 오면 그거 그대로 싸 주느라 얼마나 애먹었는지 몰라."

독립해서 사업을 하던 큰고모는 최선을 다해 조카들을 보살펴 주는 작은고모를 늘 칭찬하곤 했다. 큰고모의 말처럼 그녀의 도시락은 맛난 데다 정갈했다. 불편한 다리를 그렇게까지 부끄러워하지 않았더라면 고모는 아마 좋은 사람을 만나 예쁜 가정을 이루었을 것이다.

손재주가 좋은 작은고모는 지점토로 생활용품이나 장식품을 만들었고 종종 전자레인지로 먹음직스러운 빵을 굽기도 했다. 나는 그런 작은고모의 모습을 곁에서 가만히 지켜보았다. 지금의 나라면 딸의 성화에 못 이겨 앞치마를 두르게 하고 거품기를 쥐여 주었겠지만 깔끔한 작은 고모에게는 상상도 할 수 없는 일이었다. 요즘처럼 아이의 두뇌 발달을 위한 체험에 인식이 없던 때인데다, 뭐라도 흘리는 날엔 몸이 불편한 작은고모의 청소량이 늘어나기 때문이다. 그래도 부풀어 오르는 빵을 보고 고소한 냄새를 맡는 것만으로도 내겐 즐거운 시간이었다.

따끈하고 포실한 빵이 구워지는 마법 같은 과정에 반한 나는 머릿속에 저장한 모든 장면을 하나도 빠뜨리지 않고 유치원 선생님께 재생해 주었다. 그것만큼은 보았던 그대로 말할 수 있었기 때문일까.

"아이가 빵 만드는 모습을 참 재미있게 봤나 봐요!"

　나에게 오랜 시간 붙들려 빵 만드는 방법을 들어야 했던 선생님은 학부모 모임 날 큰고모에게 내가 관찰력이 좋다며 칭찬을 했다.

　그때 나는 본 것 그대로 말하는 것이 자연스러운 나이였다. 어린아이의 투명한 마음은 종종 부모의 낯을 붉히게 하고 당혹감을 안길 때도 있지만 그건 그맘때 아이들에게만 주어지는 특권 같은 것이었다. 그런 내게 '어디가면 이렇게 말해라'라고 당부하던 할머니와 고모의 말을 실수 없이 자연스럽게 전하는 일은 어려웠다. 혹여 말실수라도 해서 지키려던 비밀이 들통나 버릴까 봐 겁이 나서 차라리 말하지 않는 쪽을 택했다. 물론 '왜 거짓말을 해야 돼요?'라며 어른들의 요구를 받아들이지 않는 아이도 있겠지만, 의문을 가질 만큼의 사고가 발달하기 전이라면 대게는 어른의 의견을 그대로 수용하기 마련이다.

　종알종알 빵 만드는 과정은 잘 설명하던 나는 가족과

함께 지낸 일을 이야기하는 시간에는 침묵을 지켰다. 하고 싶은 말은 머릿속에서만 맴돌기만 할 뿐 입 밖으로 나올 수 없었다. 가족사에 관해 입단속을 시킨 어른들의 마음을 알기에 원망하지는 않지만, 나는 말수 적고 조용한 아이가 되었다.

어른이 되었을 때도 마찬가지였다. 사회에서 만나는 사람들에게 나는 평범한 가정에서 자란 무난한 삶을 사는 사람으로 보여야 했기에 말을 많이 아껴야 했다. 말수가 없어서 경청하는 사람이라는 평을 받기도 했지만 때때로 자신의 의견을 충분히 피력하지 못하는 답답한 사람이 되기도 했다. 사회는 소수의 의견보다 다수의 의견을 쉽게 받아들이다 보니 소수인 내가 나서서 무언가를 말하는 덴 용기가 필요했다. 나의 세상은 다른 사람에게 들리지 않고 보이지 않는 세상이었다.

PART 2

아빠가 가르쳐 준
모든 것

✳ 나의 복수

"우와, 우리 이제 아빠랑 사는 거야?!"

　나와 동생이 초등학교에 입학할 나이가 되자 할머니와 고모는 아이들에 대한 책임과 당신들의 물리적인 힘 듦을 이유로 아빠에게 양육을 종용했고, 그렇게 우리는 다시 같이 살게 되었다.

　홀아비 냄새가 가득한 집에서 나와 동생은 새로운 삶을 시작했다. 지금이야 상상하기 어렵겠지만 당시만 해도 아빠는 집에서 담배를 피웠고 우리 옷엔 늘 담배 냄새가 짙게 배어 있었다. 담배 연기가 가득한 집에서 우리는 자연스럽게 숨을 쉬었다. 가끔 큰고모가 찾아와 '애들 옷에 담배 냄새가 잔뜩 배어 있으니 제발 애들 앞에선 피

우지 말아라'라며 아빠를 타박하기도 했지만 이런 일상
은 간접흡연의 폐해가 알려지기 전까지 여느 집에서나
익숙한 풍경이었다. 그땐 아무래도 좋았다. 나와 동생은
아빠와 함께 살게 된 것이 그저 행복할 따름이었다.

"네 엄마를 처음 봤을 때 아빠는 굉장히 놀랐어. 아빠
어릴 때 봤던 친구의 엄마랑 너무 닮았더라고."

내가 초등학교에 입학하자 아빠는 이제 엄마와 헤어
진 이유를 말해도 되겠다 싶었나 보다. 어느 날 저녁, 아
빠는 조용히 나를 불러 엄마와 어떻게 만났는지, 왜 헤
어졌는지를 설명해 주었다.

"아빠 친구 어머니가 그 시절 어머니답지 않게 아이들
에게 살갑게 대해 주는… 뭐랄까 참 지혜로운 분이었어.
그래서 '나중에 크면 저런 분하고 결혼해야지'라고 생각
했지. 그런데 정말 그분을 많이 닮은 사람을 본 거야. 그
래서 아빠가 먼저 적극적으로 만나자고 해서 결혼을 했

어. 아빠는 빨리 안정된 가정을 꾸리고 싶었거든."

처음으로 엄마 이야기를 들으며 나는 내내 눈물을 흘렸다. 그토록 보고 싶고 알고 싶었던 엄마의 존재를 아빠의 입을 통해서라도 듣게 된 게 반가워서였다. 하지만 헤어진 이유까지 모두 듣고 나서 느낀 가장 큰 감정은 '그렇다고 어떻게 엄마라는 사람이 아이를 두고 떠날 수 있나' 하는 분노였다. 나와 동생의 존재는 마치 쓸모없는 물건처럼 쓰레기통에 버려진 것 같았다.

'한 번도 보러 오지 않을 만큼 내가 그렇게 싫었나?', '아빠와의 관계가 어그러졌다고 어떻게 자기가 낳은 딸을 마음에서 지울 수가 있지?' 머리가 점점 커질수록 이런 생각들은 문득 문득 내 안에서 고개를 들었고 끝내는 복수하고 싶다는 생각에 이르렀다. '훌륭하게 잘 커서 그때 나를 버린 걸 후회하게 해 줄 거야. 이게 내 복수야!' 아빠는 우리를 키우며 단 한 번도 공부하라는 말을 한 적이 없었다. 하지만 나는 나와 동생을 두고 떠난 엄마에게 복수하겠다는 일념으로 공부에 매진했다. 내가 왜 그렇게 공부를 열심히 하는지 내막을 몰랐던 아빠는 밤 늦도록 공부하는 내게 늘 늦었으니 그만하고 자라고만 했다.

그러나 날이 섰던 마음도 시간이 지날수록 아빠의 사랑으로 무뎌져 갔다. 아빠는 매일 아침 우리에게 손편지를 썼다. 하교 후 집에 돌아오면 책상 위에는 아빠가 써 놓고 간 A4 크기의 편지가 놓여 있었다. 내용은 주로 '냉장고에 김이랑 반찬이 있으니 먹어라', '아빠가 오늘은 늦으니 둘이 사이좋게 놀다가 먼저 자거라' 같은 것이었다.

그림 솜씨가 좋았던 아빠는 편지에 재미있는 그림도 그려 놓곤 했다. 아빠의 정성이 가득한 편지를 동생과 함께 읽노라면 반겨 주는 이 없는 캄캄한 집도 따뜻한 기운이 도는 것 같았다. 그래서 집에 돌아오면 가장 먼저 아빠의 편지부터 찾았다. 아빠의 노력이 있었기에 부모님이 이혼하고 엄마 없이 살게 된 것을 탓할 수 없었다. 싫어도 자식 때문에 억지로 살았다면 그것이 더 큰 슬픔일지도 모른다. 아빠는 그렇게 자신만의 방식으로 두 딸을 키웠다.

✽ '미안해'라는
말 한마디

아빠, 나 그리고 동생은 여러 집을 전전하며 살았다. 첫 집은 언덕 끝에 있는 나홀로 아파트였다. 산 밑자락에 닿아 있어 아파트 근처 개구멍으로 허리를 굽혀 들어가면 미지의 세계가 펼쳐지듯 울창한 숲이 나오는 곳이었다.

그 집 다음으로 이사한 곳은 단독주택의 반지하 단칸방이었다. 주인집의 아이는 나와 같은 학교를 다니는 친구였는데 아빠가 집을 비운 시간에 종종 우리 집에 와 편하게 놀다 가곤 했다.

나는 그 친구와 인형 놀이를 하며 놀았다. 바비 인형 욕조에 물을 담아 놓고 거품 목욕을 한다며 하얀 휴지를 풀었다. 놀다 보면 금세 바닥은 물로 흥건했고 좁은 방은 장난감으로 어수선해졌다. 어쨌거나 아빠가 퇴근하기 전까지만 치워 놓으면 문제 될 일은 없었다.

그날 역시 친구와 신나게 인형 놀이를 하며 놀고 있었다. 그런데 그날따라 아빠가 일찍 퇴근해 집으로 돌아왔다. 평소엔 아빠가 오는 시간에 맞춰 부랴부랴 동생과 청소를 했는데 평소보다 이른 시간에 집에 온 아빠를 보고선 무척 당황했다. 아빠의 굳은 얼굴, 동생과 내가 당황하는 모습을 본 친구는 헐레벌떡 집으로 돌아갔다.

그날 동생과 나는 아빠에게 심하게 혼이 났다. 나는 아빠가 든 매를 피하려다 책상 모서리에 머리를 세게 부딪혔고, 살갗이 찢어져 피가 흘렀다. 내가 다치자 아빠는 적잖이 당황했던지 급히 작은아빠에게 연락을 했다. 소식을 들은 작은아빠는 우리집으로 달려와 내 상태를 살피곤 빨리 병원으로 데려가라고 했다. 병원에 도착할 때까지 우리는 아무 말도 하지 않았다. 다행히(?) 피부가 약간 찢어졌을 뿐 다른 곳은 다치지 않아 상처를 꿰매고 바로 병원을 나섰다.

가끔 미용실에서 미용사가 내 머리를 손질하다 흉터를 발견하면 그때의 기억이 떠오른다. 그때는 잘못했으면 맞는 게 당연한 줄 알았다. 내가 방을 정신없이 어질렀기 때문에 아빠에게 혼날 만하다고 생각했다. 머리를 다친 그때도 아빠는 연신 줄담배를 태울 뿐 아무 말도 하지 않았다. 물론 지금까지도 그 일에 대해 미안하다는 말을 한 적이 없다. 성인이 되어 언젠가 그 일을 지나가듯 언급했을 땐 멋쩍은 듯, 민망한 표정만 지었다. 미안했다는 한마디가 뭐라고, 언젠가는 듣고 싶은 말이지만 차마 요구할 수는 없었다. 나도 아이를 키워 보니 아빠가 겪었을 육아 스트레스도 어느 정도 이해가 되고, 이제 와 굳이 나이 든 아빠에게 그런 요구를 할 필요가 있을까 싶은 마음이 들었다. 다만 나는 자녀와 부모의 입장을 모두 겪었기에 이런 일이 되풀이되지 않도록 내 아이에게 미안하다는 사과의 말을 꼭 하려고 한다.

"아까는 엄마가 화내서 미안해. 다음부터 그러지 않도록 노력할게."

내가 진심으로 사과하면 아이도 괜찮다며 내게 이런 저런 서운했던 마음을 토로한다. 이런 과정을 통해 서운한 감정이 아이의 마음속에 응어리로 남지 않기를 바란다.

어쩌면 내 안에 어린아이가 아직 남아 있는지도 모르겠다. 그 아이는 지금도 나와 함께 살아가며 과거를 돌아보게 하고 내 삶을 좀 더 긍정적으로 만들기 위해 노력하는 것일지도.

✳ 끼니 해결의
기술

"어머, 밝아 보여서 몰랐어. 미안해."

친구나 지인과 대화를 나누다 내가 엄마 없이 자랐다는 이야기를 하면 보통 상대는 어쩔 줄 몰라 하며 이렇게 말한다.

어린 시절 비록 엄마는 없었지만 즐겁고 행복한 순간이 곧잘 있었고, 남들 사는 것처럼 '별일 없이' 살았다. 하지만 '엄마가 없어'란 문장은 아무런 잘못이 없는 상대가 내게 미안한 마음을 갖게 하는 말이 된다. 이럴 때는 어쩐지 '엄마가 없다고 매일 슬프진 않아'라고 말하고 싶어진다.

하긴 우리 가족은 남들처럼 별일 없이 먹고 사는 게 조금 어려운 부류이긴 했다. 아빠 혼자 애들을 키우며 일도 하고 밥까지 살뜰히 챙기는 것은 무리였다. 그럼에도 아이들을 먹여 살릴 방법이란 없지 않았다. 이른바 싱글대디의 '끼니 해결의 기술'이다.

아빠가 준비한 끼니 해결책은 먹고 싶은 메뉴를 골라 집 근처 식당에 가서 '외식'을 하는 것이었다. 그리 특별할 건 없지만 아빠가 야근이라도 하는 날엔 요긴하게 쓰였다. 아빠는 틈 날 때마다 집 근처 식당을 돌며 우리의 집안 사정을 설명했고, 친절한 가게 사장님들 덕분에 동생과 함께하는 둘만의 외식은 그리 어색하지 않았다.

돈가스, 선짓국밥, 김치찌개 중 선짓국밥을 파는 식당에 간 날이었다. '애들이 선지를 어떻게 먹어?'라는 생각이 든다면 그건 어디까지나 아이들이 선지의 정체를 알고도 먹었을 때의 이야기다. 그날도 나와 동생은 선지를 그저 찌개에 들어가는 햄이나 고기 정도로 생각하고 반찬과 함께 맛있게 먹고 있었다. 식당에 가는 날은 보통 동생이랑 둘이서 가곤 하니 우리를 잘 아는 식당 아주머니들은 애들이 잘 먹을 만한 반찬을 따로 내어 주어 더욱 그렇게 생각했다.

평화롭게 식사를 하던 중 나와 동생은 빨갛고 통통한 선지를 서로 먹겠다고 식당에서 다투었다.

"언니는 아까 먹었잖아! 나도 먹을 거야!"
"싫어! 내가 먹을 거야!"

급기야 목소리가 커졌고 식당 아주머니께 동생과 내가 싸우는 걸 들키고 말았다. 그러자 아주머니는 "아줌마가 더 갖다 줄게. 싸우지들 마!" 하면서 선지를 좀 더 덜어 주었다. 먹을 걸 가지고 다투는 모습을 보였던 게, 게다가 다툼의 원인이 선지였다는 게 얼마나 부끄럽던지. 그때 생각을 하면 지금도 얼굴이 화끈거린다.

아이들 밥을 굶기고 사나흘 이상 집을 비우는 부모가 있다는 뉴스가 심심치 않게 들린다. 아이는 부모의 무관심에 지치고 밥과 사랑에 허기져 급기야 안타까운 순간을 맞이하기도 한다. 아동 학대 소식을 들을 때면 당시의 내가 생각난다. 아무것도 모르고 동생과 천진난만하게 "오늘은 돈가스 먹을까? 김치찌개 먹을까?" 했던 그때의 내 모습과 내 딸이 겹쳐 보이며 가슴이 저리다.

아침부터 우동이나 인스턴트 스프를 먹을지언정, 속이라도 따뜻하게 데우고 가라며 챙겨 준 아빠의 끼니 해결 기술로 우리는 잘 먹고 잘 자랄 수 있었다.

✻ 싱글 대디는 아이와 함께
회사에 간다

우리 사회에서 '워킹 맘'이란 말은 활발히 쓰이는 데
비해 '워킹 대디'라는 표현은 잘 쓰지 않는다. 시대와 맞
지 않는 사회 통념상 워킹 대디의 '워킹'은 붙이나 마나
여서 그런 걸까? 일하는 엄마도 있지만 하지 않는 엄마
도 있다는 이분법적인 논리일 수도 있는데, 그렇다면 육
아와 가사는 '워킹'으로 치지 않겠다는 뜻인지…. 고작 단
어 하나로도 다수의 인식이 바뀔 수 있으니 워킹 맘보단
신중한 단어 선택을 하면 좋겠다.

아이를 키우는 부모라면 양육과 돈벌이를 당사자 둘
이서 가능한 비율로 나누어 함께하는 게 이상적이다. 어
떠한 이유든 그 일련의 일들을 함께할 동반자를 잃게 되
면 무엇을 우선시해야 할지 혼자 갈팡질팡할 수밖에 없

다. 아빠도 마찬가지였다. 일단 생활을 하려면 돈이 필요한지라 아빠는 일과 육아를 병행하는 '싱글 대디'가 되었다.

아빠의 직장을 따라 우리 가족이 살게 된 곳은 주류 유통회사(트럭에 맥주나 소주 궤짝을 실어 도매상이나 음식점에 공급하는 곳)였다. 그곳엔 여러 대의 트럭을 주차할 수 있는 너른 마당과 1층짜리 창고가 있었는데, 우리 가족은 그 창고의 한 부분을 개조해서 살았다. 허름하고 낡은 곳이었지만 아빠는 근무 중에도 틈틈이 우리를 챙길 수 있었다. 아빠의 동료분들과 함께 라면을 끓여 먹기도 하고, 노을이 지는 시간에 아저씨들과 족구를 하는 아빠의 모습을 트럭 짐칸에 올라타 구경하기도 했다.

돌이켜 보면 아빠는 줄곧 직장과 가까운 곳에 거처를 마련했는데 한 번은 오피스텔에서 세 식구가 산 적도 있었다. 조그만 주방이 달린 사무실 한편에 책상과 이층침대를 놓고 가림막으로 가리고 살았다. 아빠의 거래처 손님이 예고도 없이 사무실에 방문하면 우리는 숨을 죽이고 아무도 살지 않는 양 조용히 있어야 했다. 그런데 말이 쉽지, 연년생 자매는 아무리 얌전하다고 해도 틈이 날때마다 수다를 떨거나 장난을 치기 일쑤였다. 우리가 웃음을 참지 못하고 '큭큭' 하고 소리를 내면 아빠는 어쩔 수 없이 거래처 손님에게 사정을 설명하곤 했다.

그렇게 자란 나는 현재 프리랜서로 재택근무를 하기도 하고, 간혹 외부에 나갈 일이 생기면 남편이 업무 시간을 조정해 아이를 돌본다. 시댁이나 친정 모두 아이를 맡길 형편이 안되기 때문에 둘이서 '오늘 등원은 너, 내일 하원은 나' 이런 식으로 순번을 정했다. 이렇게 아이 하나를 키우는 것도 만만치 않은데, 하물며 아빠는 혼자서 둘을 보려니 오죽했을까 싶다. 그나마 다행이었던 건 나와 동생은 서로를 돌봤다는 것이다. 서로의 친구가 되어 주고 외롭거나 무섭지 않게 지켜 주었다. 할머니는 언니인 나에게 '네가 엄마 노릇에 아들(?) 노릇까지 해야 한다'며 무거운 짐을 짊어 주었지만 나는 나만 동생을 지켰다고 생각하지 않는다. 서로의 버팀목이 되어 의지하는, 어쩌면 둘이어서 다행이었던 삶이기 때문이다.

쥐와 함께
살던 집

＊

　주류 유통회사 창고에서 살 때였다. 개조를 하긴 했지만 창고로 쓰던 곳이었기에 천장에서 쥐가 뛰어다니거나 각종 벌레가 기어다니는 건 기본이었다. 아빠는 우리가 하루 종일 TV만 볼 것을 걱정해 TV를 켤 수 없도록 장치를 해 놓고 나갔다. 그래서 밖에 나가 놀지 않으면 집에서는 책을 읽었는데 신기하게도 책에 집중할 때는 밖에서 들리는 시끄러운 주류 상하차 소리가 들리지 않았다. '타다닥타다닥' 천장에서 울리던 쥐들의 발소리도 어쩌면 독서용 ASMR 효과가 있었는지 모른다.

　아침에 일어나 세수하려고 보면 비누에 쥐가 갉아 먹은 흔적이 남아 있었다. 욕실이 집 안에 있는 게 아니라 집 밖에 수도꼭지만 달랑 있는 정도여서 쥐가 드나들기

쉬웠던 탓이다. 아침에 일어나 씻으려고 밖을 나가면 비누엔 쥐가 갉아 놓은 이빨 자국이 어지러이 수 놓여 있었고 그걸 보면 소름이 돋았다. 하지만 세수를 하지 않고 학교에 갈 수는 없었기에 이빨 자국을 손톱으로 파내고 물로 헹궈 씻었다. 열악한 집이었지만 회사에서 아빠 사정을 이해하고 직장 내 공간을 내준 것만으로도 감사했다.

나는 초등학교를 다니며 전학을 다섯 번이나 했다. 아빠 일자리를 따라 서울 내 이곳저곳을 전전하며 살았다. 겨울이면 보일러가 고장 나던 옥탑방에도 살았고, 집으로 들어가는 골목이 너무 좁아서 게걸음으로 걸어야 갈 수 있는 집에도, 여러 가구가 화장실과 주방을 같이 사용하는 집에서도 살았다. 곰팡이 피는 반지하까지 치면 웬만한 주거 형태는 다 살아 본 것 같다.

그러다 이민을 가기 전에는 처음으로 신도시에 세워진 새 아파트를 분양받아 살게 되었다. 14평짜리 아파트였는데 아빠는 입주하기 전까지 하루에도 몇 번씩 아파트 내부 도면과 지도를 그려 가며 우리에게 집과 주위 환경을 설명해 주었다. 조금 들뜬 목소리로 설명하던 아빠의 모습이 아직도 눈에 선하다.

깨끗하고 쾌적한 내 집에 산다는 것이 이토록 사람을 행복하게 하는 일이구나. 자주 이사를 하고 불편하게 살면서도 고생스럽다는 생각은 하지 않았다. 그런데 새집으로 이사한다고 즐거워하는 아빠의 모습을 보니 '좋은 집에 산다는 건 중요한 일이구나', '집이라고 다 같은 집은 아니구나'라는 생각이 어렴풋이 들었다. 그렇게 알게 모르게 부족함과 넉넉함의 차이, 돈과 주거 환경의 중요성을 알게 되었다.

그 때문인지 나는 돈을 쓰는 것보다 저축하는 데서 더 큰 기쁨을 느낀다. 차곡차곡 돈을 모아 이사하지 않고 오래도록 살 집을 마련했을 때, 거기서 오는 든든함과 안정감은 이루 말할 수 없었다. 이렇게 여러 집을 거쳐 먼 길을 돌아온 내게 '내 집 마련'이라는 네 글자는 불안을 잠재우는 마법 같은 단어였다.

이혼 유전자도
있나요?

나는 이혼을 비교적 강도 높게 비판하는 사회 분위기 속에서 자랐다. 이혼은 살면서 하면 안 되는 일이자 피할 수 있으면 피해야 하는 무엇이었고 '이혼한 여편네', '이혼한 집 아이'로 낙인찍히는 일이 부당하게 여겨지지도 않았다. 게다가 이혼을 당했든 원했든 상관없이 비난의 대상이 되었다. 부부의 성향이 서로 맞춰 가기 어려울 정도로 다르다 해도, 심지어 누구에게 심각한 문제가 있어 함께 살기 어려워도 장성한 자식이 결혼할 때 문제가 될까 두려워 참고 살기도 했다.

선입견이 팽배한 사회였으니 우리 역시 부모의 이혼을 숨기기 바빴다. 차별받을까 두려워 숨죽였다. 지금 생각해 보면 당시에 우린 마치 전염병을 앓는 사람인 양

행동했던 것 같다. 이혼이 전염되는 것도 아닌데 마치 '감기 걸린 애랑 놀지 마'라는 말처럼 '이혼한 집 아이와 는 놀지 말라'는 말이 자연스러웠다. 지금도 누군가는 온라인 커뮤니티 게시판이나 댓글에 '이혼한 가정은 재 수가 없어서 피합니다'라는 말을 남기기도 한다. 이처럼 예전이나 지금이나 그리 달라진 건 없다는 게 내가 이 책 을 쓰는 이유이긴 하지만 쓸쓸함은 어쩔 수 없다.

그러고 보면 나 역시 부모님의 이혼이 나에게까지 유 전될까 싶어 유년 시절 내내, 결혼하고 나서도 한동안 불안해했다. 그 불안은 초등학교 저학년 무렵 아빠가 내 게 엄마와 헤어지게 된 이유를 상당히 구체적으로 들려 준 후부터 시작되었다. 아빠는 엄마가 아빠에게 지나치 게 집착했기 때문에 그것이 시발점이 되어 헤어졌다고 했다. 그땐 아빠의 말을 있는 그대로 받아들였다. 진실 이야 두 사람만 아는 것이고 지금에 와서 내가 알아야 할 이유도 없지만 어쨌든, 아빠로부터 엄마와 헤어진 이유 를 들었을 당시엔 너무 어려서 '나에게도 엄마였던 사람 처럼 상대방을 의심하고 집착하는 성향이 있을지도 모르겠다'는 두려움이 생겼다. 그래서 누군가를 만날 때면 일부러 '쿨한 척' 하며 연락하고 싶어도 일부러 횟수를 줄이고 '그간 너를 그렇게까지 떠올리거나 보고 싶진 않았어'라는 모습을 보이기도 했다. 그럴수록 상대는 더 내게 다가오기도 해 한편으론 흡족했던 것도 사실이지만 보고 싶을 때 표현하지 못하고 사랑을 느낄 때 사랑한다고 충분히 표현하지 못하던 내 마음 한구석은 늘 황폐했다. 가까이하려 할수록 상대가 나를 멀리하거나 언젠가는 떠날지도 모른다는 두려움이 늘 마음에 자리하고 있었다. 그렇게 거짓 쿨함은 어느새 그냥 내가 되었다.

좀 더 시간이 흐른 뒤에야 인물 좋고 재주 많은 아빠를 흠모하던 이성들이 많았고, 그로 인해 결혼생활에 갈등을 겪기도 했다는 이야기를 고모들에게 전해 들었다. 그땐 다시 반대로 내가 누군가를 쉽게 사랑하다 빨리 싫증을 내는 사람은 아닐까 겁이 나기도 했다. 이성을 만나보기도 전에 나라는 인간에 대해 상당한 혼란이 왔다. 그러므로 정체성이 확립되기 전에 이런 말을 듣는 건 상당히 위험한 일이라고 생각한다.

한때는 잘나고 인기 많은 아빠가 나의 가정과 엄마를 앗아간 주된 원인이라 생각한 적도 있었다. 하지만 나는 아빠와 '자식과 부모의 관계'일 뿐 엄마가 느꼈을 정서를 나에게 이입시키지 않아야 하고, 무엇보다 부모와 그의 배우자와의 관계에서 분리할 필요가 있다는 결론을 내렸다. 아빠는 부모로서는 내게 훌륭한 분이었기 때문이다.

이혼에는 다들 나름의 이유가 있고 각자의 상황이 있다. 누구도 본인의 삶을 원하는 대로만 살 수 없다. 예기치 못한 사건이 나에겐 절대 일어나지 않는다고 누가 장담할 수 있을까? 그러니 살면서 일어날 수 있는 힘든 일을 하나 겪었을 뿐이라 생각하고 세상에 좀 더 떳떳했으면 좋겠다. 편견의 대상이 되지 않으려고 거짓을 말하거나 억지로 숨기는 건 일시적으로 상황이 나아질지 몰라도 장기적으로 곪아 들어가는 일이기 때문에 비추한다. 다만 너무 어린 아이에게 이혼의 이유를 세세하게 들려주는 것은 가치관에 혼란이 올 수 있기에 조금은 천천히 들려주는 게 좋을 것 같다. 아직 자아가 성립되지 않은 아이는 본인이 특정 부모를 닮아 부족하거나 열등하다고 느낄 수 있기 때문이다. 어른들 마음 편하자고, 자신들의 입장을 이해시키려고 아이를 너무 일찍 철들게 하지 않았으면 좋겠다.

비오는 날의
클리셰

빗방울이 베란다 철 구조물 위를 '통통 타다당' 때리며 기분 좋은 소리를 낸다. "소리가 참 예쁘지?"라고 아이에게 물어보니 대번에 멜로디와 가사를 만들어 비에 대한 노래를 부른다.

장대비가 쏟아지던 날, 우산 없이 하교 시간을 맞은 적이 있다. 초등학교 2학년 때였다. 같은 반 정원이네 할머니도 굽은 허리로 우산을 가져오고 이름이 우동이던 볼이 통통한 짝꿍도 엄마가 와서 소중하게 데려갔다. 아빠는 일할 시간이라 내게는 우산을 들고 마중 올 사람이 없었다. 그 사실을 너무나 잘 알고 있으면서도 나는 누군가를 기다리는 척, 학교 현관에서 신발주머니를 뱅뱅 돌리며 한참을 서 있었다. 어쩌면 교문 뒤에서 늘 나를 지켜 보던 엄마가 우산과 함께 나타날지도 모른다고 생각했다. 이렇게 내가 어찌할 수 없을 만큼 비가 내리는 날이면 엄마가 등장해도 이상할 것 없는 타이밍이라고 생각했다. 드라마를 보면 그랬다. 낳아 준 엄마는 교문 뒤에 몸을 숨기고 눈시울을 적시며 사랑하는 내 아이가 잘 자라고 있는지, 친구들과 별 탈 없이 잘 지내는지 애틋하게 바라보았다. 그러다 아이가 '어?' 하는 순간 눈물을 훔치는 모습을 들키기도 했다.

　나는 드라마의 한 장면을 떠올리며 그 자리에서 엄마에게 기회를 주는 마음으로 30분 정도 서 있었다. 그러다 기다림이 지루하고 다리가 아플 즈음 쏟아지는 비를 맞으며 집으로 향했다. 집에 가던 내내 내리던 비는 집에 도착해서야 비로소 뚝 그쳤다.

　그래서 비가 싫었다. 빗속에 눈물을 감추고 걷던 기억도 싫고 끝내 오지 않은 엄마도 싫었다. 엄마가 올 거라 믿었던 나도 싫었다. 여러 해 동안 비가 내리는 날에는 몸 상태도 좋지 않았고 우울한 감상에 빠지기도 했다.

자존심이 무척 상하는 일이었다.

내 아이는 비가 오면 '지글지글 부침개야~' 하는 즐거운 노래를 부르며 비가 왔을 때 겪었던 재미있는 일을 기억해 낸다.

"나 엄마가 우산 없이 어린이집에 온 날 같이 신나게 비 맞으면서 뛰던 거 기억 나."

우울했던 지난날처럼 스콜성 폭우가 내렸을 때 나는 다섯 살 딸을 번쩍 들어 품에 안고 지하 주차장까지 사정없이 뛰었다. 20~30m 남짓한 거리를 뛰는 동안 나와 딸은 비에 쫄딱 젖으면서도 짜릿한 해방감에 숨이 찰 정도로 함께 웃었더랬다. 그걸로 지난날의 기억을 덮기로 했다. 'B급 감성'은 집어넣어야 할 때가 됐다. 드라마도 좀 적당히 보고.

모든 게 너의
자산이 될 거야

"엄마, 내 사막여우 인형 어디 갔어?"

"몰라…? 아침에 유치원 간다고 가방 메고 나가던데?"

"에이, 거짓말….."

아이가 아침에 일어나 눈을 비비며 밤새 안고 자던 인형이 어디 갔는지 묻는다. 왠지 모르게 뻔한 답변은 하기 싫어 나는 종종 엉뚱한 대답을 한다. 아이도 처음엔 놀라고 속기도 하다가 이젠 익숙해져서 내게 '썩소'만 날린다. 딸은 웬만하면 내 말을 잘 믿지 않는다. 내가 툭하면 딸에게 장난을 치고 소소하게 속이기 때문인데, 나의 장난기는 아빠의 영향이 크다. 나와 동생이 어렸을 땐 아빠의 장난에 참 많이 속았다. 아빠의 눈빛이 아무리

66

진지해도 콧구멍이 벌렁거리면 거짓을 말하고 있다는 걸 알게 된 후부턴 우리의 반응도 심드렁해졌다.

아빠는 동생과 나를 유연하고 자연스럽게 키우려고 했다. 이혼했다고 엄마가 없다고 우리를 안타깝게 여기지 않았다. 유난하거나 우울하지 않게 오히려 웃으며 밝게 자랄 수 있도록 소소한 농담이나 장난도 꽤 많이 했다. 한번은 TV로 당시 최고의 인기를 누리던 서태지와 아이들을 보고 있었는데 아빠는 이 재미있는 순간을 놓칠새라 이렇게 말했다.

"사실은 아빠가 서태지와 함께 음악하던 사이야."

서태지의 본명은 '서매지', 이주노의 본명은 '이준호'라고 했다. 그 말을 믿지 않을 만큼 나는 많이 자랐지만 아빠의 농담에 "그럼 서매지랑은 무슨 노래를 같이 만들었어?", "아이들로는 왜 들어가지 않았어?", "지금 서매지랑 전화 통화할 수 있어?"라며 질문을 퍼부었다.

아빠는 서태지가 한창 인기였던 동안은 그 얘기를 주

야장천 재미 삼아 했다. 아빠는 악기 연주에도 능해 피아노 연주로 아르바이트를 할 정도였기에 그런 농담도 재미있게 듣고 대화를 이어가곤 했다.

아빠는 무슨 일이든 억지로 시키면 반감이 생긴다고 믿었다. '억지로 누르면 반작용으로 더 튀어 오른다'는 생각이었다. 강압이나 참견이 덜한 양육 환경에서 나와 동생은 독립적으로 사고하고 행동했다. 입학하고 싶은 학교가 있으면 지원하고, 직장을 다니다 이직하고 싶으면 이직하고, 그만두고 싶으면 그만두었다. 어떻게 생각하면 내키는 대로 살았다고도 할 수 있다. 하지만 나의 신념에 근거해 '이렇게도 살 수 있겠다'라는 확신이 생기면 나는 주저하지 않고 행동했다. 어쩌면 일반적으로 겪지 않는 몇몇 번잡한 일들을 경험하면서 은연중에 '이 정도 어려움은 견딜 수 있다'는 믿음이 생겼는지도 모르겠다.

어쨌든 어려운 문제에 대해서는 아빠와 상의하되 최종 결정은 늘 혼자 내렸다. 결정에 대한 책임은 내가 아닌 그 누구에게도 물을 수 없다는 걸 잘 알고 있었다. 아빠 역시 아빠의 시각에서 조언할 뿐 과정과 결과에 대해 "거기서 네가 배우는 게 있겠지, 그게 살면서 네 자산이 될 거야"라고 말했다.

아이들이 뜨거운 주전자를 만지려고 할 때 부모들은 보통 '아뜨! 아뜨!'를 외치며 아이가 혹여나 데일까 두려워한다. 위험으로부터 자식을 보호하는 당연한 행동이지만 아이는 '뜨겁다'라는 감각을 느껴 볼 새 없이 뜨거운 물건에서 멀찍이 밀려나게 된다. 반면 아빠는 '그거 뜨거운 거야, 만져 보고 싶으면 한 번 만져 봐'와 같은 양육 태도를 보였다. 지나치게 위험하지 않은 상황이라면 조금이라도 경험을 해서 아이가 온몸으로 직접 체득하길 원했다. 그러면 다시는 뜨거운 주전자에 다가가지 않는다는 것을 알고 있었던 것이다. '다 너의 자산의 될 것'이라던 아빠의 말처럼 나의 정신적, 물리적 자산이 상당 부분 이러한 경험에서 기인했음을 의심치 않는다.

오늘의 나도 그때의 아빠와 별반 다르지 않다. 딸에게 '너는 <아기 배달부 토츠>가 나한테 데려다 줬다'며 짐

짓 진지한 얼굴을 하고 농담을 하곤 한다. 아이가 마음
껏 상상하고 이야기하고 웃으며 세상을 여유롭게 살아
갔으면 좋겠다.

아이를 키우며 순간순간 아빠의 마음이 이랬겠구나,
나와 같았겠구나 싶다.

책도 재미있어야 읽는다

"현진이네는 벽이 온통 책이야!"

현진이네 놀러 간 아이들은 잔뜩 들뜬 상태로 도서관 같은 그녀의 집을 묘사했다. 당시 내가 살던 동네엔 책이 많은 집이 흔하지 않았다.

현진이는 우리 반에서 글짓기를 했다 하면 상을 받는 아이였다. 내가 전학을 다니던 여러 학교 중 가장 마지막에 다닌 초등학교의 친구들은 대부분 공부나 독서에 큰 관심이 없었다. 나도 전학 오기 전 학교에서는 글을 잘 쓴다는 이야기를 곧잘 듣곤 했는데 이 친구에 비하면 보잘것없었다.

현진이가 상을 받은 글이 교내 모음집에 게시된 걸 보

앓을 때 나는 그 아이의 글이 나를 비롯한 또래의 글과는 차원이 다르다는 것을 알았다. 질투심에 '엄마가 도와주지 않았을까' 하고 생각하기도 했다. 그러나 친구들의 얘기를 듣고 나니 그 아이의 빼어난 글솜씨가 책 읽기에서 비롯되었음을 알 수 있었다.

현진이네처럼 최고의 여건을 마련해 주는 열성적인 부모는 아니었지만 아빠는 아빠가 할 수 있는 한도 내에서 우리가 책에 흥미를 느낄 수 있도록 해 주었다. 요즘 아이들처럼 부모의 관심과 노력으로 유아기 때부터 책을 가까이한 것은 아니기에 책을 처음 읽기 시작한 때는 기억나지 않는다. 하지만 만화책을 처음 읽었던 때는 기억이 난다.

지금은 모바일이나 컴퓨터를 통해 쉽게 볼 수 있는 웹툰이 인기가 많지만 나는 회색빛 꺼칠한 종이에 인쇄된 월간 만화 <보물섬>으로 만화를 처음 접했다. <보물섬>은 다양한 작가들이 자신의 만화를 매달 연재하는 코믹지로 다음 호를 기다리는 재미가 쏠쏠했다. 그야말로 보물 같은 책이었다. 생일 선물로 뭘 갖고 싶냐고 물으면 첫 번째로 <보물섬>을 말할 정도였다. 다음 호가 나올 때까지 다 읽은 만화를 보고 또 보며 중간 광고지에 나오는 깨알 같은 글씨까지 읽어 보곤 했다. 초등학교 저학년 때 읽었던 터라 각각의 만화 제목은 기억나지 않지만 다음 호를 막 받아 첫 장을 넘길 때의 흥분은 아직도 생생하다. 다음 호를 사러 갈 때면 책방에서 풍기는 책 내음에 취해 다른 책도 몇 권 더 골라 오곤 했다. 그렇게 집으로 돌아올 때의 기대와 설렘은 매달 나를 서점으로 이끌었다.

만화 외에도 그리스 로마 신화나 거기서 파생된 별자리 이야기책도 한동안 재미있게 읽었다. 영어가 재미있어졌을 때, 공부하는 방법에 관심을 가졌을 때, 추리 소설에 꽂혔을 때 매번 관심사에 맞춰 책을 골라 보는 재미와 지식이 주는 쾌감이 좋았다. 아빠는 책을 사는 데 돈을 아끼지 않았다. 서점에서 책을 고를 때 의견을 내거나 다른 걸 보는 게 어떻겠냐는 권유도 없었다. 작은 순간들이었지만 내가 고른 책을 계산대에 올려놓았을 때 아무 망설임 없이 책을 사 주던 순간, 나는 나를 향한 아빠의 믿음을 느꼈던 것 같다.

그렇게 나는 책 읽기를 좋아하게 되었다. 특히 위인전은 읽을 때마다 가슴이 웅장해졌다. 마치 영웅이 나오는 액션 영화를 보고 영화관에서 막 나온 느낌이 들었다. 어렵고 힘든 순간에 좌절하지 않고 자신을 포기하지 않은 위인들의 이야기에 감화되었다. 은연중에 위인들처럼 진실되고 정의롭게 살아야겠다고 다짐했다. 그러나 마음과는 달리 아직 주위에 나의 상황을 모두 털어놓기는 겁이 났다. 그래서 거짓을 말하는 대신 나는 안으로 더 숨어들었다. 그런 상황이 종종 마음을 불편하게 했지만 다시 책에서 희망을 얻었다. 책은 언젠가 나에게도 좋은 날이 올 거라는 믿음을 주었다.

고등학교 때는 카자흐스탄으로 이민을 갔기에 한국 책을 접하기가 쉽지 않았다. 그땐 아빠가 한국 사람들이 입국할 때 가져오는 책을 구해 주곤 해서 당시 인기가 있던 여러 소설을 접할 수 있었다. 집에 있는 책을 다 읽고 읽을거리가 없을 때는 아빠가 보던 시사 월간지라도 읽었다. 경험에 미루어 보면 아이들에게 도무지 할 것이 없는 심심할 시간을 만들어 주는 것도 좋은 것 같다.

어려운 여건에서도 책을 접할 수 있는 환경을 최대한 만들어 준 아빠 덕분에 책 읽는 습관이 생겼다. 거창할 필요는 없다. 재미를 느끼게 하면 반은 성공이다. 같은 행위도 흥미를 느껴서 하면 놀이 같고 그렇지 않으면 억지로 해야 하는 공부 같지 않은가. 아빠는 핵심을 잘 알았던 것 같다.

티코 타고 떠나는
체험 학습

  아빠는 바쁜 와중에도 동생과 내가 초등학교 저학년을 다닐 때까지 가끔은 우리가 학교에서 어떤 내용을 배우고 있는지 관심을 가졌다. 선생님이 내준 과학 실험 숙제를 함께할 때면 아빠가 더 흥미로워했다. 물론 시간이 지나 고학년이 되자 "내가 중학교 때 배우던 걸 벌써 배우네" 하며 조금씩 공부나 숙제를 덜 봐주었지만 그전까지는 가능한 공부에 재미를 느낄 수 있게 해 주었다.

  지금도 그렇지만 그때도 부모들은 아이들을 데리고 체험 학습을 다녔다. 그럴 형편이 못 되었던 우리는 아빠와 산 좋고 물 맑은 곳으로 나들이를 자주 다녔다. 좋은 공기를 마시러 수목원에 갈 때면 근처 왕릉과 유적지에 들러 학교에서 배운 것들을 한 번 생각해 보기도 했다. 일부러 박물관이나 체험관을 찾아다닌 것은 아니었지만 나들이를 가다 공부에 도움이 될 만한 것이 있으면 차를 멈추고 함께 보곤 했다. 그간 나는 크면서 공부하라는 잔소리를 전혀 듣지 않았다고, 그게 꽤 좋았다고 말하곤 했는데, 생각해 보니 아빠는 학업에 대한 관심을 이런 식으로 어린 시절부터 꾸준히 표현해 왔던 것 같다.

우리는 엄마가 없어도 여기저기 자주 놀러 다녔다. 화려한 장소와 음식은 아니어도 원조 감자탕 집이나 돼지갈비집처럼 동네에 입소문 난 맛집이 있으면 찾아가 보곤 했다. 맛있는 걸 먹는다는 생각에 기분이 좋기도 했지만 종종 엄마 없는 가족을 바라보는 주변 시선이 두려웠고, 아빠가 혹여 우리를 데리고 다니는 것이 창피하지 않을까 생각한 적도 있었다. 아직 젊고 멋진 아빠를 보면 고맙기도 미안하기도 했다. 맛난 걸 먹고선 우리에게도 먹이고 싶어 데리고 왔을 아빠의 마음을 알았기에 우리는 가족으로서 팀워크를 다지며 한 팀처럼 살았다.

나들이를 자주 다닐 수 있었던 배경에는 아빠의 성격도 한몫했다. 집순이인 나와는 달리 아빠는 한군데 오래 못 있는 성격이라 틈이 나면 밖에 나가야 했다. 담배를 태운다는 핑계로, 몸에 열이 많다는 핑계로 외출을 했다. 아빠는 밀폐된 장소에 오래 있지 못하는데, 유독 그 정도가 좀 심한 편이다. 내가 아빠에게서 비롯되었다(?)는 사실과 달리 나와 아빠는 다른 점이 꽤 많다. 나는 웬만하면 가만히 앉아 무언가를 하는데 아빠는 활동적이다. 운동선수 출신이어서일까? 제일 싫어하는 게 낚시와 바둑이다. 한곳에 오래 앉아 있어야 하기 때문이다. 그래서인지 내가 초등학교 때 바둑 학원에 보내 달라고 하자 "그걸 배워서 뭐하게?" 하며 왜 배우려 하는지 진심으로 궁금해했다.

다름에서 오는 배움도 많았다. 차가 막히면 차 안에서 오래 있어야 하기에 주말엔 새벽 4시에 출발해 고속도로를 달려 춘천 팔당댐을 향했다. 우리는 싱그러운 자연을 벗 삼아 회덮밥을 한 그릇 먹고 댐을 구경하다 돌아왔다. 그땐 풀과 물, 도심과 좀 다른 공기가 뭐가 그리 좋은지 잘 몰랐는데 이제 와 생각해 보니 그렇게나마 밖으로 다녀 봤기에 삶을 즐길 수 있는 거리들이 많다는 생각을 한다. 당시 좋은 차도 타 본 적이 있었지만 그런 차를 타고 편하게 나들이를 갔을 때보다 작은 티코에 몸을 싣고 안양에서부터 한계령을 넘어 설악산까지 다녀왔을 때가 가장 기억에 남는다. 아빠가 얼마나 교외로 나가는 걸 좋아했는지를 여실히 느낄 수 있는 대목이다.

여행에 이어 음악도 좋아하는 아빠는 전자 키보드나 기타 같은 악기들을 사 놓고 퇴근 후에 거의 매일 연주하며 스트레스를 해소했다. LP나 CD도 모으고 주말 아침이면 볼륨을 높여 음악을 감상하기도 했다. 뉴에이지 피아노의 선두주자 '야니Yanni'의 공연 실황이나 '에릭 클랩튼Eric Clapton' 같은 연주자들의 음악을 많이 들었는데 그 덕분에 배경에 연주되는 악기의 소리가 각각 나누어 들리기도 했다. 그때부터 청각이 좀 더 발달하고 언어도 예민하게 캐치하게 된 게 아닐까 생각해 본다. 아빠 차에선 '스티비 원더Stevie Wonder', '마이클 볼튼Michael Bolton'이나 '레이 찰스Ray Charies' 같은 가수의 팝송이 흘러나왔다. 아빠는 딸의 취향보다 본인이 좋아하는 음악을 공유하고 함께 듣고 싶어 했다.

"이 부분 좋지 않니?"

아빠가 이렇게 공감을 구했을 때 나도 잘은 모르지만 그 부분을 좋아하고 싶었다. 알게 모르게 가사도 모르는 팝송을 흥얼거리다 보니 영어 구절이 자연스럽게 머릿속에 남기도 하고, 나중에 영어를 배울 땐 흥얼거리던 가사의 뜻을 알게 되어 영어가 더 재미있어지기도 했다.

아빠와 함께한 다양한 경험은 한 부모의 부재에도 삶을 보다 풍부하게 즐길 수 있게 했다.

아빠의
영화교육법

팬데믹으로 영화를 자주 못 보는 상황임에도 영화관은 내게 그리 그리운 장소가 아니다. 영화 보기가 취미인 남편은 결혼 전 한 달에 서너 편 정도는 영화관에 가서 봤다고 한다. 나는 두 시간 정도를 가만히 앉아 대부분 실화도 아닌 이야기를, 누군가 인위적으로 만들어 낸 이야기를 본다는 점에서 영화에 몰입하기 어려웠다. 각자의 취향이 있듯 나는 영화관을 가느니 차라리 커피숍에서 책을 읽는 편이 좋았다. 영상은 빠르게 자기가 보여 주고 싶은 것을 보여 주지만 책은 뇌가 원하는 만큼 처리할 시간을 주는 게 마음에 들었다. 하지만 이런 나도 일주일에 한두 번 영화를 보던 때가 있었다.

"비디오 빌리러 갈까?"

주말이면 아빠와 비디오 가게에 갔다. 아빠는 우릴 영화관에 데려가는 대신 집을 영화관처럼 만들고 함께 영화를 봤다. 홍콩 영화나 할리우드 영화를 대여섯 개쯤 빌리고 집으로 돌아오는 길엔 꼭 슈퍼에 들러 큰 비닐 봉지가 터지도록 과자를 잔뜩 사 왔다. 비디오 플레이어에 테이프가 빨려 들어가면 집 안의 불을 다 끄고 각자 편한 자세로 눕거나 앉아 과자를 먹으며 들뜬 마음으로 영화가 시작되기를 기다렸다.

영화는 주로 아빠가 골랐는데 우리와 함께 보는 영화는 대부분 '로빈 윌리엄스Robin Williams' 가 나오는 <애들이 줄었어요>, <내 사랑 컬리 수>, <프리 윌리>, <쥬라기 공원>, <미세스 다웃파이어> 같은 따뜻한 가족 영화였다. 아빠는 우리가 혹여 어려운 상황에 놓일지라도 영화의 주인공들처럼 여유롭고 씩씩하게 헤쳐 나가기를 바랐던 것 같다. 이런 희망적인 내용의 영화들이 실제 우리의 정서에도 긍정적인 영향을 주었다고 믿는다.

그 외에 아빠 취향으로 고른 <천녀유혼>, <영웅본색> 등 홍콩 영화를 본 적도 있었다. 이런 영화를 본 주말부터 다음 주 월요일까지는 여운이 쉽사리 가시지 않았다. 월요일 아침에 조회를 하러 학교 운동장에 서 있으면 내가 영화 속 주인공처럼 공중제비를 돌아 멋지게 착지하는 상상을 하곤 했다. 왠지 나도 힘껏 집중하면 그런 능력이 생길 것만 같았다.

그만큼 영화는 어린 내게 무한한 상상력을 불러일으켰고 상상의 즐거움을 안겨 줬다. 더불어 영화가 끝나면 "아빠 어릴 적에 말이야…"로 들려주던 아빠의 영웅담도 사람의 능력에 한계가 없다는 생각을 하게 했다. 설사 그것이 허세라는 양념을 잔뜩 친 이야기라 해도 말이다.

그렇게 좋아했던 영화가 왜 지금은 몰입하기 어려운지 모르겠다. 짐작건대 이전처럼 세상을 순수하고 맑게만 보지 않게 된 탓이 큰 것 같다. 허구를 통해 다양한 세상을 보는 재미가 덜해진 것이 씁쓸하다. 양질의 음식과 교육법은 아니었어도 나름의 방식으로 배우고 자라던 그때가 그립다.

신박한
인생 정리

배우 정은표의 집이 깔끔하게 정리되었다. 한 방송 프로그램을 통해 정리한 것이었는데 그야말로 신박했다. 정리 전 모습은 아이를 키우며 그날그날을 살아가는 우리의 삶과 비슷했다. 그의 아이들이 터울이 많이 지고 성별이 다르다 보니 상황이 조금 더 힘들게 느껴지는 부분은 있었지만 그저 우리네 살아가는 모습 그 자체였다.

나는 이 프로그램을 통해 배우 정은표를 다시 보게 되었다. 세 아이를 똘똘하게 키운 것도 대단했지만 빨래 건조기 앞에 낚시 의자와 종이 상자로 간이 책상을 만들고 그곳에서 대본과 영어를 공부하는 모습이 신선한 충격을 안겨 주었다. 베란다에서라도 자기계발을 하려 고군분투하는 모습을 보니 그의 희생과 짠함에 절로 눈물이 났다. 그의 아이들이 어떻게 그렇게 바르게 자랄 수 있었는지를 보여 주는 모습이었다.

세 아이의 양육을 위해 그간 포기했을 공간과 시간이 상상되었다. 늘어난 가족 수로 방이 부족해지자 궁여지책으로 마련한 공간이었을텐데 누구나 그의 아름다운 희생에 감탄할 수밖에 없을 것이다.

중학교에 다닐 때쯤, 나는 '아빠도 아빠 인생이 있다'는 말을 들은 적이 있다. 평범한 어느 날 자연스럽게 나온 아빠의 한마디에 한동안 충격이 가시지 않았다. 그때까지만 해도 부모의 인생이라는 게 따로 있다고 생각해 본 적이 없었기 때문이다. 배우 정은표처럼 부모님은 그저 자식의 인생을 위해 살고 희생하는 것이 당연하다고 생각했다.

그날 이후 한동안은 아빠 인생이 우리와 별개로 존재한다는 것에 일종의 배신감을 느꼈다(지금 생각해 보면 우습기만 하다). 자식에 대한 책임을 다한다는 것이 얼마나 어깨가 무거운 일인지 그땐 미처 알지 못했다.

지금의 나만 해도 종종 아이로부터 잠시 떨어져 숨을

쉴 공간이 필요하다. 아빠 역시 나와 동생의 안위만을 위해 살아갈 수 없었을 것이다. 그건 개인주의나 이기주의로 설명할 수 없다. 그때는 어린 마음에 아빠가 자신의 사랑을 찾아 새로운 사람을 만나는 게 싫었다. 아빠의 남은 삶은 생각지도 않고 아빠로서 책임만 다할 순 없냐고 묻고 싶었다. 그래서 소심한 반항도 많이 했다. 아빠 입장에선 얼마나 답답했을까. 상상도 할 수 없다.

부모에게 희생을 강요할 수 없다는 걸 부모가 되어서 깨닫는다. 자녀의 행복이 부모의 인생을 포기해야 비로소 가능한 것이라면 더욱더 강요해서는 안 된다. 그것이 부모 자의에 의한 것이라 해도 조건 없이 무엇이든 퍼 주기만 하는 사랑이 자녀를 성장시키는 데 과연 온전하게 도움만 될지도 의문이다.

배우 정은표도 존경스럽지만 그렇다고 너무 많은 희생으로 자녀에게 부담이 되지는 않았으면 좋겠다. 서로의 인생이 신박하게 정리되어야 자녀도 성인이 되어 미련 없이 둥지를 떠나고 가벼운 마음으로 하늘을 훨훨 날 수 있지 않을까.

싱글 대디의
삶

*이 글은 싱글 대디로서 아빠의 삶이 어떠했을지를 떠올리며
사실을 기반으로 재구성한 글입니다.

　오 남매 중 넷째로 태어난 나는 첫째도 막내도 아닌
'그 어딘가의 아이'였다. 첫 탄생한 자로서의 경이로움
도, 막둥이로서의 무조건적인 보호 본능도 일으킬 수 없
는 애매한 위치였다. 그래서 뭐든 스스로 잘한다고 온몸
으로 증명해야 했다.

　다행히 내겐 피아노, 기타 같은 악기를 배우지 않고도
다룰 수 있는 소위 '감'이라는 게 있었다. 재능은 음악에
그치지 않았다. 체구는 작아도 승부욕이 강해 운동에도
두각을 나타냈다. 그런 나를 기특히 여기던 아버지의 권
유로 야구를 시작했고 다행히 적성에도 잘 맞아 야구부

주장 자리를 도맡기도 했다. 부모의 관심 속에 시작한 운동이었지만 자주 전지훈련을 떠나느라 정작 그들과 함께 하는 날은 많지 않았다. 그래도 전국으로 훈련을 다니며 산 좋고 물 맑은 곳에 이를 때면 나중에 식구들과 다시 오붓하게 와야겠다는 생각을 하곤 했다.

운동을 하며 각지에서 많은 친구를 만났지만 이내 가족의 품이 그리웠다. 나만의 가정을 하루빨리 번듯하게 꾸리고 싶었다. 그렇게 친구들이 하나둘 가정을 꾸릴 무렵, 나도 첫눈에 반한 그녀와 결혼을 했다. 음악과 운동처럼 가정을 만들고 지키는 것도 영리하게 머리를 쓰면 어려울 게 없을 것 같았다.

하지만 다른 환경 속에 살아온 그녀와 나는 생각이 달랐고, 각자가 꿈꿔 온 가정을 하나로 만드는 일은 생각보다 어려웠다. 결국 우리는 우리가 모르던 서로의 다른 모습에 부딪히고 상처받았고 머지않아 헤어짐이 서로를 위한 최선임을 깨닫게 되었다. 아이들은 두고 떠나라고 했다. 상대도 이 상황을 하루빨리 벗어나고 싶었던 건지 내 뜻대로 해 주었다. 그렇게 나는 다시 혼자가 되었다.

이혼 후 마음을 추스르고 다시 벌이를 하러 나서려니 아이들이 어려 부모와 형제의 손을 빌어야 했다. 언젠가 자리를 잡으면 맡긴 아이들을 다시 데려올 거란 다짐으로 고된 일을 버티며 시간을 보냈다. 그러다 마음의 상처가 무뎌질 무렵 아이들을 데려오게 되었다. 마침내 함께 살게 되었다는 기쁨도 잠시, 어슴푸레 내린 달빛에 비친 잠든 아이들 얼굴을 보고 있노라면 막막함에 가슴이 답답하기도 했다.

외로웠다. 엄마 손이 필요할 시기의 애들에게 엄마라는 존재를 만들어 주고 싶기도 했지만, 실은 소소한 일상조차 공유할 반쪽이 없다는 게 사무치게 외로웠다. 그런 내게 '새엄마는 원치 않는다'는 아이들의 말이 이해가 되면서도 못내 서운했다. 하지만 표현할 수 없었고 아이들도 내 마음을 전부 알지는 못했다. 그럼에도 아이들에게 좋은 엄마를 찾으려는 노력을 계속했고 끝내 한 사람을 만났지만 그 또한 오래가지는 않았다. 새엄마를 반대하던 아이들조차 정이 푹 들 만큼 아이들에게 살가웠던 사람이었지만 우리의 운명이 그러했던 것일까, 아이들과 나는 다시 세 가족이 되었다. 그렇게 나는 사업을 핑계로 아이들을 데리고 새로운 나라로 떠났다. 외로움도 들일 새 없이 나는 다시 힘을 내 일어나야만 했고 애들도 나도 타국에서 참 많은 고생을 했다.

그런 일련의 시간이 지나고 아이들도 장성하여 이제 자신만의 가정을 꾸렸다. 애들이 어릴 때 좀 더 여유가 있었더라면… 그랬더라면 나는 애들이 배우고 싶다는 것도, 갖고 싶다는 것도 뭐든 그 이상을 해 주었을 거라고 이제 와 쓸쓸히 되뇌어 본다. 애들을 생각하면 미안함과 안쓰러운 감정이 고개를 들지만 그래도 죄인처럼 고개 숙인 아빠로 남고 싶지는 않다. 오히려 예의 당당한 모습으로 외로움을 감춘다. 그것이 아이들을 씩씩하고 밝게 키울 수 있었던 원동력이었기 때문인지도 모른다.

어떻게 살아가야 할지 도무지 알 수 없어 막막하기만 하던 지난날, 어리고 애처롭기만 하던 아이들이 어느덧 자라나 각자의 행복한 가정 속에 살아가는 것만으로 나의 역할을 충분히 했다고 스스로 조용히 위로한다. 나는 할 수 있는 한 최대한의 정성으로 아이를 키웠다. 지난 아프고 외로웠던 시간을 지혜롭게 헤쳐 나아가는 모습으로 이미 많은 것을 가르쳐 주었다. 이제 아이들에게 늘 어제보다 나은 내일이 있기를 바란다.

PART 3

인생 엄마를

만나다

엄마
구하기

남들은 한 명 겨우 있는 엄마가 내게는 두 명이나 있었다. 엄마라 부르는 연습을 했거나 실제로 몇 년간 엄마라 불렸던 분이 내 기억에 두 분 정도 있다는 뜻이다. 엄마의 빈자리를 느낀 아빠는 가능한 그 자리를 빠르게 채워 주고 싶었던 것 같다. 종종 아빠는 친하게 지내던 여자친구를 집으로 불러 나와 동생에게 소개시켜 주고 같이 놀게 했다. 그분들께는 죄송한 얘기지만 이제 와 생각해 보면 그 시간은 일종의 새엄마 자격을 확인하는 테스트 시간이었다.

그날은 종이접기를 잘하는 언니가 우리 집에 놀러와 동물 모양으로 종이 접는 법을 가르쳐 주었다. 나는 낯을 가리는 성격이었는데 그날따라 언니가 마음에 들었는지 이런저런 장난까지 치며 놀았다. 급기야 나는 내 엄지손가락을 검지와 중지 사이에 껴서 보여 주며 "이 것 좀 보세요! 이 모양 너무 신기하죠? 언니도 손가락을 이렇게 낄 수 있어요?"라고 물었다. 당시 나는 여덟 살이었다.

나의 당황스러운 행동에 그분은 순간 갸우뚱했다. '애가 지금 내가 싫어서 은근히 욕을 하는 건가?' 나에 대해 사전 정보가 많지 않았기에, 지금 와서 생각해 봐도 충분히 이상하게 느낄 수 있을 것 같다. 어찌 됐건 그 언니가 우리와 놀아 주고 집으로 간 뒤 아빠는 동생과 나를 불러다 슬며시 물었다.

"너 이 손가락 모양이 욕이라는 거 알고 있었니?"
"아니?!"

그제서야 그 언니가 얼굴을 찌푸렸던 이유를 어렴풋이 알 것 같았다. 내가 신나서 보여 준 게 욕이었다니! 그걸 내가 어떻게 알아! 난 그냥 느낌이 신기했을 뿐인데!

나한테 그거 욕이냐고 물어나 보지! 나는 어쩐지 그 언니가 아빠에게 내가 욕을 한 것 같다고 고자질한 것 같아서 몰랐다고 말하면서도 잘못한 것 같은 묘한 기분이 들었다. 억울한 마음에 그 언니를 다시 만나 그런 의도가 아니었다고 설명하고 싶었지만 불행인지 다행인지 다시는 그 언니를 볼 수 없었다.

아빠는 내 딸을 오해한 것에 기분이 상해 더 이상 그 언니를 만나지 않기로 했다고 말했다. 나를 위해 그런 결정을 했다니 당시엔 아빠에겐 우리가 먼저라는 안도감이 들어 고마웠다. 나 때문에 예쁜 언니랑 헤어졌다는 미안한 감정은 들지 않았다. 사실 그땐 이미 셋이서 살아가는 삶에 익숙해져 엄마라는 존재가 전혀 아쉽지 않았고 아빠를 누군가에게 뺏긴다는 느낌도 싫었다.

결혼을 하고 아이를 낳고 보니 아빠가 왜 새엄마를 만나려고 했는지 짐작이 간다. 혼자된 아빠는 가정을 꾸리고 싶어 그랬을 것이다. 남편도 혼자서 며칠간 딸 아이를 돌보면 힘들어 하는데, 아빠는 딸 둘을 혼자 키우려니 얼마나 더 고단했을까. 특히나 그 시대의 남자들에겐 힘들다는 푸념조차 허락되지 않았을 테니 더욱 몸과 마음이 상했을 거다.

육체적인 힘듦은 차치하고서라도 아빠와 고민을 나누고 서로의 기운을 북돋아 줄 조력자이자 아내가 절실했던 것 같다. 다만 가족 구성원과 조화롭게 융합하기 위해 가능한 새로운 상대와 충분히 만나 교감하는 시간을 먼저 가졌으면 했던 것 같다. 그렇게 아빠의 뜻대로 충분한 시간을 갖다가 나는 나의 인생 엄마를 만났다.

사춘기 소녀,
새엄마를 만나다

✳

인생 엄마를 만난 건 초등학교 2학년 무렵 주류 유통 회사의 창고를 개조한 슬레이트 지붕 집에 살던 때였다. 가끔 우리에게 옷을 사 준다고 불러내기도 하고 맛있는 걸 사 준다는 핑계로 만나 같이 밥을 먹기도 했다.

엄마는 눈부시게 예뻤다. 엄마의 나이가 20대 중반이 었으니 아름다움이 가장 꽃필 시기였다. '줄리아 로버츠 Julia Roberts'를 닮은 이국적인 외모는 지나가는 행인들의 시선을 끌기 충분했다. 구불구불한 긴 파마 머리에 분위 기 있는 브라운 톤의 눈매, 뉴트럴 계열의 옷을 즐겨 입 던 엄마는 미적 감각이 뛰어난 사람이었다. 그뿐만이 아 니었다. 눈썰미와 감각이 남달라서 한 번 먹어 본 음식 은 집에서 똑같은 맛을 재현해 만들기도 하고, 지나가다

한 번 본 옷이나 가방도 놀랄 만큼 비슷하게 만들었다. 재주 많은 잔나비 띠인 아빠의 띠동갑 여자친구다웠다.

그렇게 우리는 약 1년 동안 정을 쌓았다. 우리 가족이 신도시에 아파트를 분양받아 이사를 가게 되었을 때 엄마도 자연스럽게 함께 갔다. 덕분에 전학 간 학교에서 나는 평범한 가정의 아이가 될 수 있었다. 엄마 없는 아이로 놀림받을까 더 이상 전전긍긍하지 않아도 되었다. 또래 엄마들에 비해 많이 젊은 새엄마를 의아하게 여기는 눈빛들이 조금 신경이 쓰이기는 했지만 어차피 새 종이에 그리는 새로운 그림이었다. 새엄마를 줄곧 언니나 아줌마로 부르곤 했는데, 그 시점부터 호칭을 자연스럽게 '엄마'로 바꾸었다.

사실 처음부터 그분을 인생 엄마라 여기고 마음을 열었던 것은 아니었다. 아빠를 빼앗긴다는 불안감도 있었고, 그동안 큰 불편 없이 살아왔는데 이제 와 무엇 때문에 엄마가 필요한지도 몰랐기 때문이다. 게다가 함께한 지 얼마 되지 않아 사춘기가 찾아왔고 갈등은 예상된 수순이었다.

가끔 내 마음에 들지 않거나 이해가 가지 않으면 나는 소심한 반항으로 대답을 하지 않곤 했다. 당시 이런 내가 고민거리였던 아빠의 제안으로 주말 아침마다 가족회의를 열었는데 내 입장에선 아주 고역인 시간이었다. 말이 가족회의지 사춘기를 겪는 내가 주로 타깃이 되어 내가 고쳐야 할 점을 의논(?)하는 자리였기 때문이다. 불만을 털어놓으라기에 어렵사리 말을 하면 기다렸다는 듯 언변 좋은 아빠가 반박했기에 내 의견은 수용되지 않았고 나는 늘 혼나는 느낌이었다. 아빠는 나의 모난 부분을 부드럽게 다듬어 가족 구성원 모두와 평화롭게 살려는 마음이었겠지만 그럴수록 나는 더 말을 하고 싶지 않았다. 동생은 초등학교 저학년인 데다 우호적인 성격이라 눈치를 보며 엄마를 곧잘 따랐기 때문에 둘 사이엔 별 문제가 없었다. 나만 좀 이상한 애 같았다.

그런 상황에도 불구하고 엄마는 나와 내 동생을 살뜰히 챙겼다. 좋은 옷을 입히고 맛있는 것을 해 먹였다. 종종 TV에 나오는 배우들의 의상처럼 옷을 만들어 입히곤 해서 반 아이들의 눈총을 받을 정도였다. 점심 도시락으로 떡볶이나 피자를 손수 만들어 학교 후문 담벼락에서 전해 주기도 했는데 그 모습을 본 친구들은 우리를 부러워하기도 했다.

이런 인생 역전이 없었다. 그러다 보니 사춘기 여자애의 마음도 서서히 열렸다. 나도 커서 엄마 같은 엄마가 되고 싶다는 생각도 했다. 후에 친구에게 "사실 그분은 내 새엄마야"라고 말했을 때 그 아이의 충격 받은 표정을 지금도 잊지 못한다. 그만큼 친엄마 이상의 사랑과 관심을 베풀었기 때문이다. 그런 진심이 통해 어느 순간부터 새엄마는 진짜 내 엄마가 되었다. 우리는 기쁠 때도 슬플 때도 함께하며 나름 우정이란 걸 조금씩 쌓아갔다.

옷 입히는
즐거움

*

나와 동생을 평범한 가정의 아이들처럼 키우고 싶었
던 새엄마의 마음을 그땐 몰랐다. 아무리 그래도 발목까
지 치렁치렁 내려오는 레이스 원피스는 지금 생각해도
꽤 꼴불견이었다. 내 옷으로 잔뜩 몰린 아이들의 시선과
묵직한 공기가 호의적이지만은 않았다. 과한 차림을 하
고 출마한 5학년 2학기 반장선거에서 나는 처음으로 '부
반장'이 되었다.

이전에는 언감생심 임원 선거에 나갈 용기조차 나지
않았다. 그런데 새엄마와 함께 살게 된 후부터 나에 대
해 아는 이도 없는 데다 이제 내게도 엄마라는 존재가 있
다는 사실에 자신감이 조금씩 생겼다. 그럼에도 여전히
성격은 내성적이라 누구 앞에 나서거나 아이들을 통솔

하지는 못했다.

"성격은 살면서 바뀌기도 하는 거야. 엄마도 원래 소심했는데, 어느 순간 성격이 바뀌더라? 그러니까 너도 너무 걱정하지 마."

이전까지 나는 반에서 말을 거의 하지 않았다. 말을 할 때는 짝꿍과 얘기할 때와 선생님의 질문에 단답형으로 대답할 때 뿐이었다. 그런 나를 알면서도 새엄마는 예쁘게 꾸며 줄 테니 반장선거에 한 번 나가 보라고 제안했다. 용기를 낸 나는 선거에 도전해 보기로 했다. 물론 하얗고 긴 원피스를 입혀 신부처럼 만들어 보낼 줄은 몰랐지만 말이다. 나는 이전의 나와 조금씩 달라지고 있었다.

새엄마는 매일 나와 동생을 꾸미는 일에 열성이었다. 겨울에는 스타킹에 모직 반바지를 입혀 학교에 보내는가 하면 짧은 치마에 빵 모자를 매치해 주기도 했다. 평소 콤플렉스였던 두꺼운 다리를 내놓기 부끄러워 학교에 가기가 싫다고 하면 "이쁘니까 어서 가!"라는 다그침에 울며 겨자 먹기로 꾸역꾸역 등교하는 아침이 계속되었다.

반장 선거를 하던 날 아침에도 앞서 말한 그 차림을 하고 잔뜩 주눅이 들어 있었다. 다행인지 불행인지 당시 우리 반 아이들은 내가 전학을 와서 만난 지 얼마 안 된 터라 서로에 대해 잘 알지 못하는 상태였다. 그래서 인상이나 옷차림이 호감인지 비호감인지 정도로 표가 갈렸던 것 같다. 공약은 그저 도울 뿐이었다.

"제가 부반장이 된다면 학급 게시물을 깔끔하게 정리하고…."

애들은 별 관심도 없을 공약을 조용히 발표하고 어색해하며 자리로 돌아왔다. 그런데 결과는 의외로 당선이었다. 이 경험으로 그간 내가 할 수 있는 것도 못 한다고 성급하게 단정했던 게 아닐까 하는 생각이 어렴풋이 들었다. 무엇보다 이제 일반적인 형태의 가정이 되었다는

것, 나를 지켜봐 주고 관심을 주는 엄마가 생겼다는 것
이 평소와 다른 도전을 해 볼 만큼의 자신감을 준 것만은
확실했다.

새엄마의 사랑과 관심의 크기만큼 나는 매일 같이 눈
에 띄는 옷을 입고 학교에 다녔다. 어찌나 눈에 띄었는
지 위 학년 언니로부터 꼴사납다는 말을 듣기도 했고,
혹시 '뒤를 봐줄 사람(일명 x언니)'이 필요하냐는 제안을
받기도 했다. 하지만 그간 늘 어두운 곳에 숨겨 두었던
나의 삶이 양지로 나아가는 것을 조금씩 느꼈기에 그런
말들은 크게 신경 쓰이지 않았다.

새엄마와 나의 관계는 맞지 않는 옷처럼 불편하고 어
색했다. 그러나 오래지 않아 그것이 그간 받아 보지 못
했던 관심과 사랑의 표현이라는 것을 깨달았다. 새엄마
와의 관계가 봄볕에 눈 녹듯 풀어질 즈음 나도 나의 옷차
림과 주변 친구들의 시선에 서서히 적응하기 시작했다.

존댓말:
우리 사이의 벽

"아빠가 네 친구야?"

　오랜만에 간 할머니 댁에서 불호령이 떨어졌다. 할머니가 나와 아빠가 나누는 대화를 듣고 하는 잔소리였다. 나는 초등학교 6학년 때까지 존댓말을 쓰지 않고 아빠와 친구처럼 격의 없이 대화했다. 아빠랑 반말하는 게 뭐 어떻다고. 외국 애들은 '유, 유 You, You' 잘도 하던데. 13여 년에 걸쳐 만들어진 말투를 급작스럽게 바꾸려니 당황스럽고 받아들이기 쉽지 않았다. 그동안 알았던 아빠와 존댓말을 쓰며 지낼 아빠가 완벽히 다른 둘로 나뉘는 것 같았다. 말투 하나만 바꾸었을 뿐인데 나는 아예 다른 사람과 관계를 새로 시작하는 것 같았다. 그날 이후론 아빠마저 "이제부터 존댓말을 쓰도록 하자"고 했다. 아마도 내게서 말대꾸가 시작되려는 조짐이 보였기 때문일 것이다.

변화의 물살은 새엄마와 살게 되면서 더 거세졌다. 아빠도 이전의 친구 같던 아빠보다는 조금은 엄하고 근엄하고 진지한 궁서체의 아빠로 변했다. 예전처럼 우리 앞에서 반바지만 입고 이상한 춤을 추거나 하지 않았다. 어쩌면 할머니와 아빠는 새엄마와 같이 살기 시작하면서 혹시나 아빠가 새엄마 앞에서 권위 없는 모습을 보이지 않을까 걱정했던 것 같다. 그런 노파심이 급격한 변화를 만들어 서로를 더 어색하게 만들었다. 새엄마도 아빠와 할머니 뜻에 따라 '반말 쓰지 않기' 운동에 동참했고 마침 시작된 내 사춘기와 맞물려 새엄마는 나의 미움의 대상이 되었다. 어쩌다 실수로 이전처럼 반말이 나오면, "내가? '제가'라고 해야지!" 같은 잔소리를 듣기 일쑤였다. 나는 점점 내가 먼저 말을 걸지 않는 쪽을 택했다. 처음엔 하고 싶은 말이 있어도 존댓말로 하려면 어색해서 전처럼 말할 수 없으니 답답해 죽을 지경이었다. 그런데 실수해서 잔소리를 듣느니 그냥 웬만하면 말을 하지 않는 게 깔끔하겠다 싶어 소통을 포기했다. 그전까지 꽤 쓸데없는 수다만 나눴었나 싶게 내가 꼭 전달해야 할 말은 생각보다 그리 많지 않았다. 점점 서로 말수가 줄어들었고 소통은 단절되었다. 더 이상 아빠에게 잡다한 일상 이야기는 물론 고민도 털어놓지 않게 되었다.

그렇게 생긴 아빠와의 소통 단절의 원인을 새엄마 탓으로 돌리며 원망했다. 가슴 속 깊은 곳에 늘 자리했던 누군가에 대한 원망을 때마침 풀어내기 좋은 상대가 나타난 것이다. 아무도 내 마음을 모른다는 생각에 세상을 보는 눈도 조금씩 삐딱해졌다. 안으로 안으로 자꾸 움츠러들었다.

자식 대신
귀남이

나는 강아지를 키우지 않는다. 강아지를 무척 귀여워
하고 좋아하지만 언젠가 헤어져야 할 날이 올 거란 사실
이 두렵고, 어쩌면 그에 뒤따르는 책임을 지기 싫은 마
음도 있어서다. 귀여운 꼬물이들이 아무 데나 저지르는
소변과 대변을 사랑의 마음으로 치워 주기엔 나는 게으
른 편이기도 하다.

새엄마는 강아지를 무척 좋아했다. 사랑하는 사람과
아이를 낳고 키우고 싶었을 텐데 강아지를 키우면서 사
랑을 줘야 했던 새엄마에게 지금도 미안한 마음이 든다.

처음 함께했던 친구는 '귀남'이었다. 초등학교 5학년
무렵 새엄마가 친구분으로부터 데려온 수컷 치와와였
다. 딸만 둘인 집에 귀한 아들이 들어왔다며 아빠가 농

담 삼아 지어 준 이름이었는데 산책할 때 이름을 부르기가 쑥스럽다는 것만 빼면 센스 있는 작명이었다. 우리 집 귀한 아들은 조금은 도발적인 성격의 소유자였다. 우리가 모두 집을 나가고 없을 때 혼자 있는 설움을 아무데나 오줌을 싸는 것으로 앙갚음했다. 그 모습을 우리에게 들키기라도 하면 돌돌 만 신문지로 콧잔등을 살짝 맞고 구석에서 벌을 받을 것이 뻔한데도 귀한 대접을 받지 못한 허무함을 그렇게라도 해소해야 했다.

"거기 구석에 손들고 서 있어! 어, 어, 자꾸 졸린 척해?"

귀남이가 사슴 같은 눈망울을 끔뻑거리며 졸린 체를 하면 마음이 약해진 새엄마는 다시는 그러지 말라며 품에 안아 달래곤 했다. 엄마는 귀남이를 막내 아들 보듯 귀여워했다. 나도 동생도 귀남이의 밥을 챙겨 주고 놀아 주기도 했다.

귀남이와 정이 들었지만 학원이나 독서실에 가야 하

는 나이가 되면서 함께하는 시간은 점점 줄어들었다. 반대로 새엄마와 귀남이가 함께하는 시간은 점점 늘었다. 귀남이는 새엄마에게 어떤 의미에선 자식과 같았을지도 모르겠다. 나중에 아빠를 통해 들은 바로는 새엄마도 아이를 낳고 싶어 했다고 한다. 하지만 나와 동생이 있어 포기했다고. 말을 안 듣기 시작하는 사춘기 딸 둘과 새로운 사업을 찾아 떠도는 남편. 그분에게 세상 내 마음대로 되는 건 강아지뿐이었는지도 모르겠다.

"정은 씨, 강아지를 키우는 건 아기를 키우는 것과 똑같아."

두 돌이 된 아이를 어린이집에 보내고 통번역대학원을 다닐 때였다. 자타공인 애견인인 교수님의 말에 한동안 머릿속이 멍했다. 딸에게 분유를 먹이고 놀아 주고 재우며 사랑을 담뿍 나눴던 지난 시간을 돌아보니 강아지를 돌보는 삶도 그와 다르지 않겠다 싶었기 때문이다. 문득 사랑하는 사람과 자신을 쏙 빼닮은 아이를 낳는 생

득적 욕구를 강아지에게 주는 사랑으로 대신했던 그분
이 떠올랐다.

　사춘기만 아니었더라면….

　그땐 너무나 많은 것들을 받아들이기 어려웠고 때론
부당하게 느꼈다. 그런 시기가 아니었더라면 좋았을 텐
데. 후회와 미련이 남는다.

엠씨스퀘어
사 주세요

인생 엄마는 내가 중학교 3학년 무렵부터 에너지를 모두 소진했다. 아빠는 사업을 이유로 해외에 장기 체류 하던 탓에 마음을 기댈 수 없었고 점차 우리와 함께 살 아갈 이유를 느끼지 못했던 것 같다. 남편이 꼴 보기 싫 으면 애도 예뻐 보이지 않는다는데, 심지어 남의 자식을 키우는 입장이니 오죽했을까 싶다. 그래도 돌이켜 보면 그런 순간에도 성실히 엄마 역할을 해 주었다. 초등학 교 6학년 무렵 시작된 사춘기가 '중2병'의 마지막을 향 해 가고 있을 때까지도 그녀는 나와 동생을 성실히 돌보 았다. 과제와 성적에 관심을 보이고 도시락 반찬을 신경 써서 싸 주는, 그런 형태의 성실한 사랑이었다. 비록 아 빠가 타지에 오래 머물면서 생활비를 제때 보내 주지 못할 때면 주변 옷 가게에 아르바이트를 나가야 했기에 바빠졌지만 그럼에도 맡은 바 '소임'에 소홀한 적은 없었다. 그마저도 당시엔 크게 고마운 줄 모르던 나였다.

그렇게 관리가 조금 느슨해진 틈을 타 나는 친구 집에서 늦게까지 놀다 오는 일이 잦아졌다. 어릴 적 아빠의 히어로 같은 무용담을 듣고 자라서인지 열심히 공부만 하는 모범생들과는 결이 맞지 않았다. 대개 시험 당일까지도 서로 공부를 안 했다고 말하면서 속으로는 '이번 시험에선 재를 이겨야지' 하는 심보가 보이는 것 같았다. 그런 상황에 껴서 누군가의 경쟁 상대가 되고 싶지 않았다. 그래서 의리 있어 보이고 시시껄렁한 농담을 편하게 나눌 수 있는 친구와 함께 시간을 보내곤 했다. 신기하게도 걔도 나처럼 아빠와 할머니 손에 자라서 서로의 사정을 알게 된 후로는 관계가 더 돈독해졌다. 방과 후에는 가끔씩 동생들만 있는 그 친구의 집에 가서 티비도 보고 저녁도 얻어먹으며 놀다 오곤 했다.

집에 늦게 들어가는 일이 잦아지자 결국 새엄마는 친구 집에 가지 못하게 했다. 가끔 거짓말을 하고 몰래 놀다 오기도 했는데, 들키는 날엔 회초리로 손바닥을 맞았다. 그렇게 나는 살짝 엇나갈까 말까 하는 위험한 경계에 있었다. 하지만 공부를 손에서 완벽히 놓을 수는 없었다. 알게 모르게 주변 사람들의 기대가 있었기 때문이다. 아빠는 우리가 공부를 잘한다고 자랑을 했다.

"네 아빠가 너희 칭찬을 그렇게 한다! 몰랐지?"

이런 비대면 칭찬은 꼭 나중에 다른 분의 입을 통해 듣게 된다. 자랑할 만큼의 수준이 아니었음에도 아빠가 느끼기에는 크게 신경 써 주지 않은 것에 비해 내 성적이 우등생 정도라고 생각되었나 보다. 그래서 소수의 사람이지만 내가 어느 정도 공부를 한다는 선입견이 생겨 버렸기에 아예 포기하고 살 수가 없었다.

그렇게 공부의 끈을 놓지 않던 중 '엠씨스퀘어' 광고를 보게 되었다. '도도도도도' 하는 기계음을 듣고 있으면 저절로 집중력이 오른다는데 적은 시간 동안 높은 집중력을 발휘하면서 학업 능률이 꽤 오르겠단 생각에 온

통 마음을 빼앗겨 버렸다. 하지만 앞서 말했다시피 당시 생활비가 부족해 새엄마가 아르바이트를 다니던 상황이었다. 서글프게도 중학생도 애는 애인지 그 상황을 여실히 느끼지는 못했다. 어쩌면 새엄마가 방패가 되어 그 모든 바람을 다 막아 주었기에 느낄 수 없었는지 모르겠다.

"엄마, 나도 엠씨스퀘어 좀 사 줘."

당시 엠씨스퀘어는 29만 원가량이었던 걸로 기억한다. 그분의 난감해 하던 표정이 아직도 눈에 선하다. 새엄마는 바보 같이 못 사 준다는 얘기도 못하고 몇 달을 미루다 결국 외삼촌에게 돈을 빌려 엠씨스퀘어를 사 주었다. 그달 중간고사에서 나는 반에서 1등, 전교 7등을 했다. 살면서 내가 받은 가장 좋은 성적이었다. 하지만 새엄마가 꿔 온 돈이 무색하게 29만 원의 효력은 딱 그때뿐이었다. 이후 시험부터는 다시 이전 성적으로 돌아갔다. 잠깐의 플라세보Placebo 같은 것이었다.

한여름 밤의
가출

*

여름밤 길거리에서 맥주 한 잔. 낭만적으로 보이는 이 장면은 내가 중학교 2학년이던 어느 날 밤의 내 모습이다.

몇 달에 한 번씩 집을 찾아오는 아빠와 생활고에 새엄마는 지쳐 갔다. 저녁마다 반주 삼아 소주를 한 잔씩 마시던 새엄마는 조금씩 술이 늘었다. 아빠와 새엄마는 다툴 때 우리가 보지 못하게 문을 닫거나 우리를 잠시 나가 놀게 하고 다투곤 했다. 어느 밤에는 새엄마가 술 기운이 조금 올랐는지 국제전화를 걸어 아빠와 말다툼을 했다. 생활비를 보내기로 한 날짜가 지난 것이다.

통화가 끝나고 새엄마는 울었다. 그날도 그랬다. 구체적으로 생각나지 않지만 새엄마의 그만두자는 말이 닫

117

힌 방문 너머로 흘러나왔다. 10시가 넘은 밤, 나는 그 얘기를 듣고 어디로 가야 할지도 모른 채 신발을 신었다. 무작정 밖으로 나와 버스를 타고 새엄마가 나를 못 찾을 거라 생각되는 곳에서 두어 정거장을 더 지나 내렸다. 그리고 편의점에 들어가 맥주를 한 캔 샀다. 속상한 어른들이 마음을 풀고자 술을 마시는 모습을 종종 봐서 그런지 어린 마음에 나도 술을 마시면 속상함이 해소될 것 같았다. 그때는 신분증 확인을 제대로 하지 않고 술이나 담배를 팔 때라 맥주를 사는 건 그리 어렵지 않았다.

나는 어느 컴컴한 육교 다리에 앉아 맥주를 마셨다. 처음 마셔 본 술이라 잔뜩 취하고 말았다. 나도 모르게 자꾸 웃음이 났다. 그 밤에 갈 곳은 없고 그렇게 웃으며 집에 들어가니 엄마는 그때까지도 울고 있었다. 나도 엄마를 보니 눈물이 났다.

"이 밤에 말도 안하고 어디 갔다 온 거야. 한참 찾았잖아!"

"엄마, 우리 두고 가지마…."

"알았어 안 갈게. 늦었으니까 이제 자. 미안해."

새엄마는 나를 자리에 뉘이고 내가 잠들 때까지 이마와 머리카락을 쓰다듬어 주었다. 그 따뜻한 손길이 20여 년이 훨씬 지난 지금도 잊혀지지 않는다. 그렇게 새엄마는 몇 달을 우리와 함께 더 살았다.

동생보다 겨우 한 살 많은 맏이었지만 그래도 동생보다는 나을 거라는 생각에 나는 종종 외로운 새엄마의 말 상대가 되어 주었다. 그러다 한 번은 새엄마가 나에게 의견을 물었다.

"너는 나 이렇게 사는 거 어떻게 생각하니?"

"사실… 이렇게 사는 건 아닌 것 같아. 엄마는 아직 젊고 예쁘고. 아빠한테 엄마가 아기도 낳고 싶어 한다는 얘기도 들었어. 엄마만 생각하면 아빠랑 사는 건 좀 안 됐어."

나는 어쭙잖게 어른 흉내를 내며 대답했다. 새엄마가

나의 의견을 물을 정도로 컸다는 게 그땐 좀 뿌듯했다.

다음 날, 학교에 다녀오니 냉장고에는 불고기와 반찬이 한가득 채워져 있었다. 새엄마는 없었다. 서랍 위엔 잠깐 다녀오겠다는 편지가 놓여 있었다. 하지만 서랍 속에 있던 새엄마의 옷은 모두 온데간데없이 사라져 있었다.

얼마나 오래 다녀오려나. 그때까지만 해도 현실을 실감하지 못했다. 설마, 하는 느낌은 어슴푸레 노을이 깔리고서야 들었다. 아빠에게 국제전화를 걸어 우리 둘만 남았다고 얘기했다. 그렇게도 보기 힘들었던 아빠는 다음 주 비행기로 한국에 들어왔다. 우리는 다시 아빠와 세 가족이 될 채비를 하기 위한 긴 여행의 짐을 꾸렸다.

마치 돌아가야 할 시간이 된 선녀처럼 그간 정든 시간이 허무하게도 나의 인생 엄마는 함께 산 지 6년이 되던 해에 우리를 떠났다. 나와 동생이 학교에 있던 짧은 시간 동안 많지도 않던 짐을 꾸려 돌연 집을 나간 것이다.

우리 사이에 쌓인 시간은 아무것도 아닌 것이 되어 버

렸고, 나와 동생은 한 번도 모자라 두 번이나 엄마라는 사람에게 무가치해져 버렸다. 엄마들의 삶 속에선 아빠와의 애정이라는 기본 값이 사라지면 부차적인 것들은 무시될 수밖에 없는 것이었을까. 무존재하다는 느낌. 내가 존재해야 하는 이유를 알지 못했다.

차라리 상처를 안긴 상대를 이해할 수 없었더라면 좋았으련만. 그를 욕하고 이상한 사람으로 치부하면 마음이라도 편했을 텐데 그렇게 하지 못하고 그의 입장을 너무나 이해하는 내 마음이 나를 더욱 힘들게 했다. 그럴 만한 사정이 있음을 알았다는 것이 '그래, 그럴 수 있어'와 '또 버림받았어'라는 생각 사이에서 갈피를 잡을 수 없게 했다. 아빠의 부재 동안 시들어가는 새엄마의 모습을 곁에서 분명히 보았기에 나와 동생을 위해 더 희생해 줄 수 없느냐고 할 수도 없었다.

새엄마에게 연락하고 싶었지만 개인 휴대전화도 없던 때였고 외가 전화번호가 있어도 그땐 연락해 볼 생각을 하지 못했다. 그렇게 끝날 거라고 전혀 생각하지 못했기 때문이다. 그 번호를 외우지 못한 채 겨울 방학 기간에 빠르게 이민 수속을 마치고 우리도 한국을 떠났다.

　우리의 헤어짐엔 어른들만의 이유가 있었고 그 사이에서 나와 동생은 다시 한 번 더 상처를 받았다.

나의 인생
엄마에게

엄마. 다시 부르려니 어색하다. 같이 살 땐 자연스러웠는데 말이야. 요즘 엄마 얘길 써. 글을 쓰며 그때를 다시 떠올려 봐도 엄마는 상상하기 어려울 정도로 좋은 사람이야. 내가 이십 대에 접어들었을 때 나는 종종 엄마와 내가 처음 만났던 그 시절을 떠올려 보곤 했어. 스물 대여섯 살이던 엄마와 그 나이가 된 나를 비교해 보면서 말이야. 그런데 우리가 헤어졌을 때였던, 엄마의 나이 서른한 살을 지나고 나니 더 이상 엄마를 떠올릴 수가 없네.

이십 대 중반에서 서른 초반의 나이를 지나는 동안 '그 나이의 나였다면 엄마처럼 살 수 있었을까'라며 생각해 보곤 했어. 그런데 내 대답은 항상 '아니'였어. 나는 내가 나를 많이 사랑하는지 몰랐는데, 엄마에 비하면 나는 나를 많이 사랑하는 것 같아.

엄마와 비슷한 순서로 화장을 할 때 엄마 생각이 많이 나. 싸고 실용적인 옷을 잘 골랐을 때도, 맛있는 찜닭을 만들 때도, 명품 가방을 멘 여자를 봐도 그걸 메고 싶어 했던 엄마 생각이 나. 내가 좋은 회사에 입사했을 때도, 결혼을 했을 때도 항상 제일 먼저 생각나는 사람은 엄마 였어. 내가 아이를 낳을 땐 나를 낳아 준 생물학적 엄마 보다 엄마에게 내 아이를 더 보여 주고 싶었어. 길지 않은 시간이었지만 이렇게 평생 기억에 남는 건 그만큼 엄마가 우리를 진하게 사랑해 주었기 때문일 거야.

엄마가 없었다면 나는 세상을 내내 원망하며 살았을지도 몰라. 엄마를 만났기에 그래도 세상을 살아봄직하다는 걸 느꼈어. 엄마가 떠난 뒤 한동안은 언젠가 다시 만날 수 있을 거라 기대했어. 엄마에게 마음의 빚이 많이 남아 있고 정말 감사했다고 말하고 싶었거든. 사람 많은 곳을 지날 때 어쩌면 이 많은 사람 속에 엄마가 있을지도 모른다는 생각에 눈을 똑바로 뜨고 걷기도 했어.

내가 나이 든 만큼 엄마도 나이가 들어 얼굴을 못 알아볼까 봐 머릿속으로 나이든 엄마의 모습을 상상해 보기도 하고.

그렇게 한참 동안 엄마 생각을 하다 갑자기 우스워졌어. 엄마는 우리를 보고 싶지 않을 수도 있잖아. 엄마는 새로운 가정을 꾸려서 행복하게 살고 있을 텐데, 그 행복을 조금도 흔들리게 하고 싶지 않았어. 어느 순간부터는 그게 두려워서 생각을 멈췄어. 그저 아름다운 나의 유년 시절의 추억인 것만으로도 충분하다는 생각이 들어. 언젠가 이 글을 보게 될 엄마에게 감사의 마음을 전하고 싶어. 이제는 누구보다 엄마 자신을 더 아끼고 사랑하는 삶을 살고 있길 바라.

PART 4

다시 만난

세 식구

낯선 나라에서
다시 시작

세 가족이 한국을 떠나 도착한 곳은 카자흐스탄이었다. 사실 유학을 간 것도 이민을 간 것도 아니었다. 아빠 없이 혼자 우리를 보살펴 주던 새엄마가 떠나자 아빠와 살기 위해 그곳에 가게 된 것이었다. 새엄마가 사라져 어쩔 수 없이 아빠를 따라나섰다고 말할 수는 없었기에 유학, 이민이라는 허울을 씌웠다.

당시 중학교 3학년이었던 나는 특목고 시험을 치르고 일찌감치 외고 합격 통지서를 받아 놓은 상태였다. 다른 친구들처럼 입시 준비를 할 필요가 없었기에 입학 전까지 집 근처 패밀리 레스토랑에서 아르바이트를 할 생각이었다. 내 손으로 용돈도 벌고 공부하느라 하지 못한 일들을 하나씩 해 보려고 계획을 세워 놓았다. 하지만 이런 나의 계획들은 새엄마가 떠나면서 모두 무산되었다. 잠시 꿈을 꾼 것처럼 우리 가족은 다시 셋이 되었다. 그간 서로를 사랑하기 위해 노력했던 시간이 허무하게도 이전으로 돌아가 버렸다.

이렇게 된 이상 아빠는 우리를 카자흐스탄에 데려가야 했다. 우리를 설득하기 위해 거의 찬양하다시피 그 나라의 좋은 점들만 내세워 설명했다.

"지나친 입시 경쟁에 시달리지 않을 수 있어."

"사교 모임과 파티를 즐기는 여유로운 곳이야."

"연방 붕괴 이후에도 러시아의 잔재가 남아 있어 유럽권 문화를 경험해 볼 수 있어."

"공용어인 러시아어를 배워 두면 카자흐스탄처럼 러시아어를 공용어로 쓰는 국가가 많으니 향후 진로 면에서도 전망이 좋을 거야."

한국처럼 경쟁에 치이지 않고도 가능성 있는 미래를 꿈꿔 볼 수 있다니, 나와 동생의 니즈를 정확히 파악한 장점이었다. 중학교를 다니는 3년 내내 비평준화 지역에서 성적순의 고입 준비를 한 나로서는 혹할 수밖에 없는 조건이었다. 학업 스트레스로 위산이 자주 역류했고 속 편할 날이 없던 데다가 러시아어라는 새로운 언어를 배울 수 있다는 점도 매력적이었다. 다만 내가 외고에 합격했던 1997년은 중국의 비약적인 발전이 전망되었던 시기여서 중국어과를 선택했는데 이를 포기해야 한다는 게 아쉬웠다. 아빠도 내심 아쉬웠나 보다.

"혹시 혼자 한국에서 학교 다니고 싶은 생각은 없어?"

아빠는 내게 물었지만 그땐 차마 용기가 나지 않았다. 가족과 떨어져 혼자 산다는 게 겁이 났다. 만약 그때 한국에 남았더라면 나는 중국어 통역사가 되지 않았을까 싶다.

꿈과 희망을 심어 주는 재주가 출중한 아빠였다. 그 덕에 아빠의 설득에 넘어가 카자흐스탄까지 가게 됐으니 말이다. 아빠는 늘 눈을 반짝이며 "아빠는 나중에 이런 사업을 할 거야, 우린 이런 집에 살 거야." 하는 이야기를 들려주곤 했다. 그건 몇 번이나 들어도 질리지 않았다. 나는 아빠가 자신의 목표와 꿈을 이루기 위해 노력하는 모습을 보며 자랐기에 힘든 순간에도 앞날에 대한 희망을 가질 수 있었다. 꿈을 꾸고 노력하는 건 어느새 내게 좋은 습관으로 남게 되었다.

카자흐스탄의
첫인상

'다브로 빠좔로바티(환영합니다)!'

12월의 카자흐스탄은 눈이 종아리 높이까지 쌓여 있었다. 공항에는 카자흐스탄 사람들 특유의 알싸한 체취가 맴돌았다. 입국장에는 아빠와 함께 일하는 사람들이 마중을 나와 있었다. 그들은 환영의 인사로 낯선 볼 키스와 서너 살 아이 키만 한 미키 마우스 인형을 건네주었다. 따뜻한 환대는 눈 덮인 앙상한 자작나무 숲의 풍경과 사뭇 대조적이었다.

카자흐스탄 알마티는 작은 규모의 공항이었다. 공항에서 시내까지 차를 타고 30~40분을 이동했는데 주변은 온통 하얗기만 하고 대지만 끝없이 펼쳐졌다. 중학생

눈으로 봐도 1960년대 한국으로 보였다. 아빠에게 속았나 싶은 마음도 들었다. 아빠는 사업가의 눈으로 그곳에서 무궁무진한 기회의 향기를 맡았겠지만 내가 보기엔 단순하게 놀거리, 즐길거리 하나 없는 시골이었다. 그때만 해도 카자흐스탄에는 학원이나 독서실은 물론 놀이공원이나 PC방도 없었다. 게다가 현지 언어가 통하질 않으니 보물처럼 여겨지던 TV도 있으나 마나였다. 어쩔 수 없이 3~6개월 동안은 동생과 시시껄렁한 대화나 하며 무료한 시간을 보냈다.

아빠는 위험하단 이유로 집과 슈퍼 이외에 바깥출입을 금지했다. 우리의 생김새는 중앙아시아인들과 같은 몽골계라 별반 차이가 없었지만 옷차림은 누가 봐도 외국인이었다. 카자흐스탄은 이제 막 개방된 나라였고, 현지인 대비 소득 수준이 높거나 그렇다고 판단된 외국인은 좋지 않은 일을 당하기도 해서 불순한 목적을 가진 사람의 표적이 되기 전에 알아서 조심해야 했다. 그래서 유일하게 갈 수 있는 작은 슈퍼마켓에서 배운 '다이쩨 에따(이거 주세요)'라는 말만 할 줄 알았다.

여러모로 예상과 다른 모습에 실망하기도 했지만 아예 속았다고 할 수 없었다. 이곳은 아빠 말대로 동서양의 문화가 어우러진 곳이었다. 기념일이면 나름 '파티'라는 것도 흔하게 열곤 했다. 좀 더 정확히 말하자면 지인과 모여 잔치를 벌이거나 손님을 초대해 맛난 것을 자주 먹는다는 표현이 더 맞을 것이다. 입시도 사교육도 없어 한국의 교육환경에 비하면 아이들에겐 정말 자유로운 곳이기도 했다.

아빠 입장에서는 걱정스러운 부분이 있었을 것이다. 그래서 처음에는 생활하는 데 많은 제한을 두었다. 하지만 적응하고 보니 그곳도 나름대로 안전하고 평화로웠다. 현지에 적응하느라 그들처럼 입고 먹으며 정신없이 시간을 보내는 동안 엄마가 떠났다는 사실도 조금씩 잊어 갔다.

* # Are you from Korea?

  급하게 카자흐스탄으로 이민을 결정한 터라 러시아
어 알파벳도 숙지하지 못한 채 타국에서의 생활을 시작
했다. 3개월간은 과외 선생님이 집으로 와서 러시아어
를 가르쳐 주었다. 양파, 감자, 이불, 연필, 공책과 같은
일상생활을 하는 데 꼭 필요한 단어와 간단한 생활용어
를 배우고 나니 TV 드라마에서 나오는 말이 조금씩 들
리기 시작했다. 나는 지독한 '수포자'였지만 언어를 배
우는 것은 매우 좋아해 과외 시간은 대체로 즐거웠다.
선생님에게 배웠던 표현을 TV에서도 듣게 되고 점점 더
알아들을 수 있는 말이 많아지자 러시아어가 더 재미있
어졌다.
  그땐 카자흐스탄 방송국에서 자체 제작하여 방영하

는 '카자흐스탄 드라마'가 거의 없어서 주로 러시아어로 더빙된 미국이나 남미 드라마를 보았다. 대부분 일일 연속극이었는데 극 중 인물 간의 갈등을 파악하기도 좋고 연속성이 있어서 상황을 보며 '이럴 땐 이런 말을 하는구나'를 쉽게 익힐 수 있었다. 시간이 지날수록 조금씩 귀가 트였고 입학 수속을 진행하던 학교에서도 연락이 왔다.

카자흐스탄은 한국인을 비롯한 외국인을 보는 게 흔치 않았다. 나라 전체에 거주하는 한인은 100여 명 남짓이었다. 나와 동생이 다닐 학교는 이전에 한국인 학생이 다니고 졸업한 적이 있는 곳이었다. 사립 학교라서 일반 학교에 비해 학생 수나 규모는 한 학년에 10~20명이 겨우 다닐 정도로 작았다. 등록금은 비싼 편이었지만 믿을 만한 학교라고 생각했고, 다행히 그 학교에 다닐 만한 경제적 여건이 되었기에 입학을 결정했다.

학교에 처음 등교한 날 외국인이 전학 왔다는 소문이 삽시간에 전교에 퍼졌다. 아이들은 나와 동생을 보러 순식간에 각자의 반으로 몰려들었다. 그 중 용기를 낸 한 명이 영어로 물었다.

"Are you from Korea?"
"Yes….."
"Umm… Okay….."

더 이상 이야기가 이어지지 않았다. 너와 나의 슬픈 영어의 한계였다. 더욱이 서로를 알지 못하니 무슨 말을 해야 할지 더 막막했던 것 같다. 아이들이 몇 마디를 더 건넸지만 뭐라고 하는지 도저히 알아들을 수 없었다. 나는 수개월이 지나서야 러시아어 특유의 '르르르~' 하고 떨리는 'R' 발음과 'th' 발음이 난청의 주 원인이었음을 알게 되었다.

"두 유 라이 – ㅋ까자흐스타안~(Do you like Kazakhstan)?"
"제어ㄹㄹ라 매니 교ㄹㄹ올스 인 제 클라스룸(There are many girls in the classroom)."

부르르 떨리는 그들의 영어 발음이 귀에 익숙해질 때
쯤 나도 러시아어와 아이들에게 적응하기 시작했다.

카자흐스탄
표류기

학교 선생님은 학생들처럼 낯선 외국인인 나와 동생에게 호기심을 보였다. 동시에 러시아어를 한마디도 할 줄 모르는 우리를 가르치려 교육 방향을 고민하는 등 순수한 교육열을 불태웠다. 선생님들은 이 학교에 온 외국인들의 러시아어 실력을 그저 그런, 형편없는 수준이 되도록 놔두지 않았다. 입학하고 몇 개월 동안 러시아어 선생님은 동생과 나에게 과외처럼 일대일로 언어를 가르쳤다. 러시아어 이외의 수업은 언어 때문에 진도를 따라가기 어려우니 당분간 러시아어만 집중해서 공부할 수 있도록 배려해 주었다.

외국인 학생을 위한 교재가 따로 있지 않았기 때문에 말하기와 문법은 쉬꼴라 초등학교 책이나 교과서, 또는 우리가 가져간 러시아 문법책으로 공부했다. 비록 외국인을 위한 교육 체계는 없었지만 선생님들은 외국인 학생을 위해 최선을 다해 가르쳤다.

한동안 아이들은 우리를 신기하게 바라봤다. 쉬는 시간이 되면 처음 보는 한국인(혹은 외국인)에 대한 호기심을 해소하기 위해 짧은 영어로나마 우리에게 말을 걸기 위해 다가왔다. 그러다 점점 러시아어로 대화하는 빈도가 늘었다. 한 친구는 자신이 말하는 걸 듣고 앵무새처럼 따라 하며 연습해 보라고 나름 신경을 써 주기도 했다. 알아듣지 못하는 표현들로 이따금씩 소외되곤 하는 이방인에겐 훈훈한 경험이었다.

학생 수가 적었기에 아이들은 선후배 할 것 없이 서로 친구처럼 지냈다. 소수의 인원으로 운영되는 사립 학교는 좋은 점도 많았지만 오히려 단점이 될 때도 있었다. 다양한 생각과 취향을 가진 아이들을 접할 수 있는 기회가 일반 학교에 비해 상대적으로 적었다. 내가 공부한

9학년도 총 인원이 여덟 명이었다. 그래서 선생님의 집중적인 가르침을 통해 정제된 언어는 배울 수 있었지만 실제로 친구들끼리 격의 없이 쓰는 생활 속 러시아어는 배울 기회가 많지 않았다.

흔히 하는 말 중에 '언어의 바다에 빠져라'라는 말이 있다. 이 기준으로 보면 사립 학교에서의 생활은 언어의 바다에 조심스럽게 몸을 담그는(?) 반신욕 수준이었다. 풍덩 빠져 허우적대는 느낌은 확실히 덜했다. 나중에 집안 형편이 나빠져 동생은 사립 학교에서 학생 수가 많은 일반 학교로 전학을 갔는데 그곳은 초원과도 같았다. 드넓은 들판에 방목된 양들이 이 풀 저 풀 뜯어 먹다 스스로 제일 맛난 풀을 알게 되는 것처럼 동생도 친구들이 쓰는 어투 중에 자신에게 맞는 어투를 터득해 자유자재로 구사하게 되었다.

내가 사립 학교에서 배운 문법적으로 깔끔하고 정제된 문장과 표현은 그저 풀을 뜯어다 갈무리한, 고운 풀을 먹는 것과 같은 심심한 일이었다는 걸 훗날 학교를 졸업하고 많은 사람을 접하면서 알게 되었다. 그런 이유로 누군가 해외에서 다닐만한 학교에 대한 조언을 묻는다면 나는 주저 없이 일반 학교 진학을 추천하는 편이다.

그러나 사실 사립 학교나 일반 학교나 공부를 하고 현지에 적응하는 데 큰 영향을 주지 않는다. 내가 처한 환경을 긍정적으로 받아들이고 적극적으로 움직이는 게 무엇보다 중요하다. 활발하게 친구들도 사귀고 말도 열심히 할걸, 그러면 타지에서 정처 없이 표류하는 방랑객을 벗어날 수 있지 않았을까. 이제야 뒤늦은 후회가 밀려온다.

이방인, 카자흐스탄 법을 따르다

한국에서는 뇌가 얼 정도로 춥다는 생각을 해 본 적이 없었다. 하지만 카자흐스탄에선 충분히 뇌가 얼 수도 있을 것 같다. 이곳 사람들은 겨울에 반드시 모자를 쓰고 다녔다. 모자를 쓰지 않은 사람이 있다면 그건 십중팔구 외국인이었다. 겨울엔 영하 20~30도까지 내려가는데 시린 공기가 콧속을 빠직하고 순식간에 얼리기 일쑤였다. 오줌도 나오다 얼어 버릴 정도여서 '언 발에 오줌 누기'라는 우리나라 속담은 통용되지 않을 것 같았다.

발목이 쑥쑥 빠질 만큼 눈이 내린 날에는 신발 선택이 중요했다. 만약 운동화를 신었다가는 눈에 파묻혔던 발이 얼어 동상에 걸리기 십상이었다. 그러니 모자에 이어 부츠도 필수였다. 러시아를 생각하면 너구리나 여우 털

로 만든 모피 모자를 쓴 사람들을 떠올릴 텐데, 그건 일
반적으로 쓰는 모자는 아니었다. 가격이 제법 비싸기 때
문에 보통은 폴리 소재의 모자나 털방울이 달린 니트 모
자를 썼다.

한 번은 모자를 쓰지 않고 길을 가는데 방울 달린 털모
자를 쓴 할머니가 내게 다가왔다.

"아 쵸 띄 베즈 샤프키 호지쉬(너 왜 모자 안 쓰고 다니니)?"

모자를 쓰지 않았다는 이유로 지나가는 할머니에게
된통 야단을 맞았다. 거칠게 몰아쳐서 당황했는데 아니
나 다를까(나중에야 알았지만) 카자흐스탄 사람들은 모자
를 쓰지 않으면 머리에 바람이 들어간다고 믿는다는 걸
알았다. 신체의 전반을 관장하는 뇌가 찬 바람에 마비되
면 생명이 위험할 수도 있다는 것이다. 이제 와 생각해
보면 그땐 사람들이 지금보다 순수하고 정이 있어 길에
서 만난 외국인의 안위에도 신경을 써 주었다는 생각이
든다.

뉴 밀레니엄이 다가올 무렵 한국의 패피(패션 피플)들은 통 넓은 바지에 스니커즈를 신고 다녔는데, 이곳에서 그렇게 입으면 이상한 애 취급을 받았다. 백팩까지 유행하는 브랜드로 너 나 할 것 없이 메고 다니는, 우리에게 익숙한 차림이지만 그들 눈에는 지나치게 획일적이고 이상해 보였나 보다.

그들은 내게 여자라면 굽이 있는 구두를 신고 치마를 입어야 하는데 한국 여학생들이 남학생처럼 통 큰 바지에 운동화를 신는 모습이 재미있다고 말하곤 했다. 솔직히 내 눈엔 카자흐스탄 아이들의 패션이 더 웃겼다. 아무튼 이런 말을 들을 때마다 한국에서 유행하는 옷차림이라고 설명해 주었지만 그것도 잠시, 남다른 옷차림으로 불편함을 여러 번 겪으면서 점차 그들과 비슷한 차림을 하게 되었다. 운동화를 신고 원색 백팩을 메고 다니면 경찰에게 붙들려 신분증 검사를 당하거나 부랑자들이 돈이나 물품을 달라고 하는 일이 잦았기 때문이다. 유쾌한 기억만 있는 건 아니지만 그들 속에 섞여 나름 따뜻한 겨울을 보냈다.

카자흐스탄에 여름이 오면 도시 계획에 따라 심어진 가로수가 울창하게 잎을 틔었다. 일정 블록마다 위치한 공원은 도심에서도 녹음을 즐기기 충분했다. 공원에선 상인들이 이동식 냉장고를 끌고 다니며 아이스크림과 보리 탄산수, 맥주 등을 팔았는데 뜨거운 볕 아래에서 갈증을 달래기 좋은 아이템이었다.

내리쬐는 햇살 아래 서면 살갗이 타는 듯 뜨겁다가도 나무 아래 그늘로 들어가면 시원해졌다. 바다를 접하지 않아 습도가 낮아서 끈적한 불쾌함이 없는 비교적 쾌적한 여름 날씨가 이어졌다.

나와 동생은 학교가 끝나면 친구들과 공원에서 산책을 하거나 하릴없이 시간을 보내기도 했다. 한국처럼 학생이나 젊은 사람들이 즐기고 놀 만한 곳이 없어서였는지 대부분 공원에 모여 일상의 시름을 달래고 여유로운 한때를 보냈다.

특별히 다른 놀거리가 없기에 사람들은 기념일이면 함께 모여 축하하는 자리를 갖곤 했다. 생일이나 여성의 날과 같은 기념일이 되면 단체로 식당을 예약하고 그곳에서 몇 시간이고 먹고 마시며 긴 시간을 보냈다. 그런 자리에선 각자 한 사람씩 일어나 축하의 말을 건네는 것이 그들의 문화였기에 외국인인 나는 자리에 따라 할 말을 미리 준비해 가기도 했다.

카자흐스탄에는 동양인과 닮은 사람들이 많았기 때문에 옷차림과 태도를 조금만 바꿔도 현지인인 것처럼 거의 완벽하게 눈속임할 수 있었다. 새롭게 소속된 세상에 알맞게 내 모습을 바꾸며 나는 점점 '그들화' 되었다. 정체성을 감추었던 덕분에 적응도 잘하고 번거로운 일도 덜 겪었다.

카자흐스탄은 두어 집 걸러 한 집이 이혼 가정이라 한국에서처럼 부모의 이혼을 감추지 않아도 되었다. 또래 아이들과 이런 민감할 수 있는 부분에 대해 솔직하고 자연스럽게 이야기할 수 있다는 것은 생각보다 마음 편한 일이었다. 그래도 적응하는 사이사이 주변인과 주변 환경에 나를 맞추고 진정한 내 모습을 감추는 게 어느덧 습관처럼 익숙해진 것은 씁쓸하기도 했다.

다름을
이해한다는 것

"저 사람 러시아에서 온 사람 같은데?"

"그냥 외국 사람 같아. 미국인지 러시아인지 어떻게 알아?"

"이젠 얼굴 생김새랑 옷차림만 봐도 딱 안다니까!"

서양인 눈에는 동양인이 일본인이든 중국인이든 한국인이든 상관없이 다 똑같은 흑발의 황인종으로 보인다고 한다. 반대의 경우도 그렇다. 우리가 보기에 서양인도 국적 관계없이 비슷해 보인다. 그런데 신기하게도 그들을 알고 만나고 이야기하면 비슷비슷해 보이던 면면이 새삼 다르게 보이기 시작한다.

초등학교 다닐 때 이런 경험을 한 적이 있다. 새학기

가 되어 만난 짝꿍이 처음에는 마음에 들지 않았다. 그런데 그 아이와 매일 이야기를 나누고 가까워지니 뾰족한 덧니도 귀엽게 보이고 웃을 때마다 작아지는 눈매도 매력적으로 보였다. 그때부터 내 짝꿍의 모습은 여느 아이들과 다른 나의 특별한 친구로 인식되었다.

카자흐스탄에서도 마찬가지였다. 시간이 지나니 어색하기만 했던 그곳 사람들과도 이질감 없이 자연스럽게 지낼 수 있었다. 더불어 그들이 좋아하고 싫어하는 것이라든지 특정 상황에서 그들이 어떤 감정을 느끼고 어떤 표정과 제스처를 취하는지가 보였다. 이런 정보들이 쌓여 어느새 하나의 데이터가 되었고 그들을 '식별할 수 있는' 경지에 이르렀다.

학교에 막 입학했을 때 아이들은 동생과 나를 신기해하고 흥미로워하면서도 동시에 이상하게 여기기도 했다. 하지만 점점 현지인처럼 살다 보니 나중엔 나도 한국에서 갓 이주해 온 아이들이 어색해 보였다. 다른 나라의 사람들과 소통하고 교류하면서 비슷한 생각과 시선을 갖게 된다는 것이 신기했다.

아빠는 카자흐스탄에서 시작한 사업이 안정되고 나서 우리를 부르려고 했다. 다만 예기치 않게 일정이 조금 앞당겨졌다. 계획에 따른 이민이었건 아니었건 간에 우리는 그곳에 살게 되었고 그들의 생활, 문화, 사고방식을 배울 수 있었다. 지금까지도 그곳에서 배운 문화와 언어로 먹고살고 있으니 나름대로 큰 자산을 만들기는 했다.

무엇보다 세상을 보는 눈이 깊어지고 사람을 알고 이해하는 폭이 넓어졌다. 다름을 아는 것은 쉬운 일이지만 이해하는 것은 어렵다. 하지만 다양한 상황에 처해 본 탓인지 이제 웬만한 일엔 '그럴 만한 사정이 있겠지' 하며 이해하게 된다.

계기가 무엇이었든 낯선 나라에서 유학을 했다는 건 행운이었다. 비록 형편이 넉넉해 공부에만 매진할 수 있는 유학은 아니었지만 말이다. 새엄마와의 이별에 떠밀려 어쩔 수 없이 가게 된, 조금은 낙후된 곳에서 시작한 생활이었지만 그 시간이 어린 내게 남겨 준 것은 참 많다. 다른 민족의 삶과 문화를 경험하는 것만으로도 만족

스러웠다. 새엄마와의 헤어짐은 아팠지만 위기는 그렇게 내게 또 다른 기회를 주었다.

지금 어려움을 마주하고 있는 많은 이들이 언젠가 그것이 기회의 얼굴로 다시 돌아온다는 것을 꼭 기억했으면 좋겠다.

사라진
추억

홀로 생계를 이어 나가는 부모의 불안정한 일자리와 그에 따른 잦은 이사는 필연과도 같았다. 우리 셋은 이리저리 서울을 떠돌았고 나는 초등학교만 다섯 군데를 다녔다. 나의 소중한 추억이 담긴 책과 사진은 이사를 하다 분실되었다. 그맘때는 한 번 읽은 책은 읽고 또 읽었던 시기라 사라진(혹은 버려진) 책에 대한 아쉬움이 굉장히 컸다. 하지만 어린 마음에 누굴 탓하지도 못하고 무던히 속을 끓였다. 이삿짐센터가 아무리 성의껏 이삿짐을 싸도 놓치는 것이 한두 가지는 있다는 걸 알게 된 건 성인이 되어 내 집 이사를 할 때였다. 당시 아빠는 혼자, 때로는 지인의 힘을 빌려 이사를 했으니 오죽했을까 싶다.

보던 책을 잃어버린 시련은 훗날 있을 것에 비하면 약과였다. 초등학교 고학년 때부터 친구들과 주고받은 우정편지를 통째로 잃어버렸다. 편지는 '추억 상자'에 보관해 두었는데 가끔씩 꺼내 읽을 때면 새록새록 떠오르는 추억으로 행복감과 소중함이 이루 말할 수 없었다. 친구들이 보낸 우정어린 글은 내 존재를 스스로 가치 있다고 느끼게 해 주었다. 그뿐인가, 중학교 3학년 때까지 받았던 61장의 상장과 일부 자랑스러운 성적표도 추억 상자 안에 고이 간직되어 있었다.

아쉬움을 극에 달하게 했던 건 고등학교 합격 통지서였다. 가고 싶었던 학교를 다녀 보지 못해서 속상한데 합격 통지서마저 없어지니 얼마나 서글프던지…. 성인이 되어 학교에 전화해 서류라도 재발급해 줄 수 있는지 문의하기도 했다. 추억 상자는 그렇게 입학과 졸업 사진마저도 모조리 데리고 사라졌다. 친구의 앨범에서나 찾을 수 있을까 내게는 그 시절의 나를 증명할 물건이 남아 있지 않다.

직장을 구하겠다고 카자흐스탄에서 한국으로 최소한의 짐만 싸서 혼자 출국했던 게 문제였다. 당시 짐을 모두 갖고 나오기 어려워 아빠에게 일부를 맡기고 한국으로 왔는데 그게 화근이었다. 취직하고 몇 년이 지나 내 물건들의 행방을 물어봤을 때는 모든 물건이 이미 사라진 뒤였다. 애가 타서 한국에서 카자흐스탄으로 몇 번이나 국제전화를 걸었는지 모른다. 다시 한번 찾아봐 달라고 아빠에게 수차례 부탁했지만 소용없었다. 좀 더 빨리 확인하고 관리하지 못한 내 탓도 있었다. 매번 이사를 갈 때마다 사진과 물건 들이 사라지거나 버려지곤 했는데 그걸 알고도 관리를 소홀히 했다는 자책감이 들었다. 나의 추억 상자도 예외 없이 정해진 운명의 길을 따라 떠나버렸다. 소식을 들은 이후 며칠을 연이어 상자를 찾는 꿈을 꿨다. 아마 인정할 수가 없었던가 보다.

중요한 이벤트마다 찍었던 사진도 예쁜 추억도 모두 내 기억에서만 살아 있다. 아름다웠던 추억을 소환할 '보조 도구'들이 사라지니 영혼의 쉴 자리를 잃은 것 같은 기분이 들었다. 한동안은 허무함과 괴로움에 울컥 감정이 솟구쳐 힘이 들었다. 하지만 그마저도 시간이 지나니 포기하게 되고, 그 덕에 '더 아름다운 색으로 추억을 덧칠하는 건 아닐까'라고 좋게 좋게 생각하게 되었다. 그래서 이제 그만 아쉬워하려고 한다. 대신 그 기억을 내 안에 좀 더 선명하게 남기려 노력해 본다.

숙식 제공,
하루 일당 10만 원

카자흐스탄에서 내가 다닌 대학은 키메프대학교KIMEP University로 경영학을 가르치는 학교였다. 수업은 영어로 진행되었고 학비가 상당히 비쌌다. 학기당 3,000~4,000달러 정도였는데 한국에 비하면 저렴할지 몰라도 카자흐스탄에서는 일반 국민의 연 소득을 상회하는 수준이었다. 경제적으로 여유로운 가정의 자제나 성적이 뛰어난 학생들만 다닐 수 있었다.

이 학교에 입학할 때만 해도 학비를 충분히 낼 수 있으리라 생각했다. 그런데 아빠의 사업이 어려워지면서 학비는커녕 생활비조차 부족했다. 교통비가 없어 왕복 세 시간이 걸리는 학교를 걸어서 다녀야 했지만 이후 일어날 일에 비하면 그나마 다행이었다. 학비까지 낼 수 없는 지경이 되자 학교에서는 준비한 시험도 볼 수 없게 하고 심지어 강의실에도 들어가지 못하게 했다. 강의실에서 쫓겨나는 수모를 당하는 게 수치스러웠지만 오기로 출석을 했다. 등록금을 내고 정상적으로 학교를 다니게 될 때를 대비해 출석 기록과 시험 점수를 챙겨야겠다는 생각에서였다(그래야 재수강도 하지 않으니까). 어떻게든 버텨 보려 했지만 결국 포기할 수밖에 없었다. 다음 해에 동생도 대학에 입학해야 했기에 더 참는 것은 사치라고 느껴졌다.

아빠는 빚쟁이들을 피해 우리만 남겨 두고 어디론가 사라졌다. 아빠가 사라진 몇 개월 동안 동생과 나는 생활비가 없어 감자 몇 알과 빵 한 덩이를 사서 며칠을 보내야 했다. 감자를 얇게 썰어 소금, 후추를 뿌리고 프라이팬에 구우면 얼마간은 배고픔을 견딜 수 있었다. 하지만 빚쟁이들이 집으로 찾아와 몇 시간 동안 '안에 있는 걸 알고 있다'며 문이 부서지도록 두드릴 땐 어떻게 될까 무서워 바들바들 떨리는 몸을 팔로 감싸 안고 책상 밑에 숨어들었다.

수십 아니 수백 번이나 울리던 전화벨 소리와 초인종 소리가 그렇게까지 두려운 소리가 될 것이라고 상상도 하지 못했다. 그렇게 숨죽이며 살다 빚쟁이들의 신고로 유치장에라도 가는 날엔 태연한 척 중간고사를 준비한 답시고 전공서를 갖고 나가기도 했다. 덤덤한 내 표정을 본 동생이 집에 홀로 있을 동안 두려움에 떨지 않기를 바라는 마음에서였다.

그러던 중 기다리던 방학이 되었고 아르바이트를 해서 돈을 벌기로 결심했다. 그런데 카자흐스탄에서는 아무리 잘 벌어도 도저히 학비와 생활비를 감당할 수 없을 것 같았다. 한국 구직사이트를 살피기 시작했고 '숙식 제공, 하루 일당 10만 원'이라는 문구를 발견했다. 더 이상 고민할 여유가 없었다. 그 길로 한국에 살던 친구에게 첫 월급을 받으면 갚겠다 약속하고 돈을 빌렸다. 5년여 만에 나는 혼자 한국에 돌아왔다.

내 인생의
                       나이스 샷

"나이스 샷!"

최대한 밝은 목소리로 크게 외쳐야 했다. 그래야 경치 좋은 곳으로 거금을 들여 골프를 치러 나온 사람들의 기분을 맞출 수 있기 때문이다.

대학을 휴학하고 3개월간 나는 캐디(골프장 경기 보조원) 교육을 받았다. 보통은 1~2개월이면 연습생을 마치고 경기에 투입되는데 나는 정해진 3개월을 모두 쓰고 나서야 실제 경기에 나갈 수 있었다. 경기 룰, 회사 연혁 등을 외우고 시험을 보거나 스코어 계산, 거리 보기를 하는 것은 어렵지 않았는데 내성적인 성격이 문제였다. 도무지 쾌활하게 경기를 이끌 수 없었다. 20대 초반이었던 다른 연습생들은 서 있기만 해도 밝고 싱그러운 기운을 느낄 수 있었는데, 나는 수줍음도 많고 어딘가 모르게 어두웠다. 아쉬운 평가 속에도 계속 버티다 보니 경험이 쌓이고 나중엔 요령도 생겨 일하는 동안 몇 차례 우수사원으로 뽑히기도 했다. 홈페이지에 끝까지 친절하게 경기를 진행했던 나를 칭찬해 달라는 고객의 소리가 올라올 땐 뿌듯하고 보람을 느꼈다.

몸은 고되었지만 보람 있는 시간을 보내며 1년여 만에 밀린 학비와 대학을 졸업할 수 있을 만큼의 돈을 모았다. 산속에 있는 기숙사에 살았기에 시내에 나갈 일이 없기도 했고, 종일 일하느라 돈을 쓰러 나갈 시간도 없었던 덕분이었다. 많은 액수는 아니지만 동생 학비도 보태 줄 수 있었다.

어쩌다 시내에 나가게 되면 제일 먼저 은행에 가서 꼬박꼬박 저축을 했다. 돈을 모으는 재미와 일에 대한 보람이 있어 '조금 더 일해 볼까'라는 생각이 들기도 했지만 지속적으로 산을 오르내리는 데다 카트를 몰면서 한쪽 다리에만 힘을 주다 보니 무릎과 허리에 통증이 생겼다. 그제야 남은 학업을 마쳐야겠다는 생각이 들었다. 그렇게 나는 남은 공부를 마치기 위해 카자흐스탄으로 돌아갔다.

한창 공부에 매진해도 부족할 때 어려운 시련을 겪었지만 결핍은 좌절만 안겨 주지 않았다고 생각한다. 골프장에서 만난 많은 분들로부터 감사하게도 세상을 배웠고 고객을 대하는 마인드와 조직에서 사람들과 소통하는 법을 배웠기 때문이다. 이런 배움이 취직한 후에도 많은 도움이 되었다.

✽ 　　　　　잡초 같은
　　　　　　　삶의 이유

　아빠는 나를 가꾸지 않아도 저절로 나서 자라는 잡초
에 비유하곤 했다.

　'딸아, 너는 잡초처럼 자랐구나.'

　언젠가 나에게 써 주신 편지엔 이런 구절이 있었다. 아
마도 제때 물을 주거나 흙을 고르는 등의 노고를 하지 않
았음에도 쑥쑥 잘 자라났다는 뜻이리라. 보통의 딸 바보
아빠라면 장미처럼 색도 화려하고 모양새도 아름다운
꽃에 딸을 비유했겠지만 아빠에겐 그럴 여유는 없었다.
기본적인 먹이기, 입히기, 공부시키기만으로도 두 아이
를 혼자서 돌보려면 벅찼을 테니 말이다. 그런 덕분에 나

는 당당하게 자신만의 향기를 내뿜으며 피어나는 꽃이기보다 조용히 억세게 자라는 잡초가 되었다. **잘 자라줘서 고맙다는 말이겠거니 생각하면서도 한편으로 서글프기도 했다.**

'정원에 곱게 자란 꽃도 아닌 잡초라니. 거칠기도 하다.'

그러나 생명력 있게 꿋꿋하게 자란 것은 어느 순간부터 나만의 장점이 되었다. 온실에서 고이 자란 꽃의 아름다움에 비할 수는 없겠지만 날이 갈수록 '어디서도 살아남을 수 있다'는 자신감이 생겼다. 특별히 도움을 줄 사람이 없다는 걸 알았기에 중학교 때부터 혼자 고등학교 입시 요강을 찾아보았고 지향하는 바가 같은 친구를 만나 지원할 학교 선생님께 직접 연락드리고 직접 만나 상담을 받기도 했다. 상담을 받은 것도 감사한 일인데 미래의 선생님으로부터 응원까지 받고 돌아오는 그 길이 얼마나 뿌듯했는지 모른다. 구하는 것이 없을 때 실망하고 주저앉기보다 이를 찾아 나서면 된다는 걸 알게 된 순간이었다.

　내 손으로 번 돈으로 대학을 졸업한 것도 자신감을 높여 준 일 중 하나였다. 어느 여름에는 길거리 노천카페와 맥줏집에 들어가 손님들에게 로또를 파는 아르바이트를 하기도 했다. 더위를 피해 늦은 밤까지 가게나 노천 테이블을 떠날 줄 모르는 사람들을 보면 38도를 웃도는 폭염이 반갑기도 했다. 그렇게 저녁마다 서너 시간을 열심히 뛰어다니다 보면 직장인의 한 달 월급 정도는 벌수 있었다. 가게에 들어가 사장님께 허락을 구하고 테이블에 앉은 손님들에게 로또를 팔면서도 창피함보다는 학비에 대한 간절함이 컸다. 원하는 바를 얻으며 성취감을 맛보고 나니 그다음부터는 혼자서 무언가를 시도한다는 것에 두려움이 없어졌다. 대학 졸업 후에 혼자 한국에 돌아와 취업한 것도 모두 이때부터 발현된 자신감이 있었기에 가능했다.

　가슴 뛰는 꿈과 희망이 있었기에 그때의 나는 간절했고 매사에 열심히 임했다. 생각해 보면 이 간절함으로 가득했던 나날은 아빠가 내게 선물한 시간인지도 몰랐다. 부족한 것 없이 자랐더라면 무언가 시도해 볼 이유도 동력도 내게 없었을 것이기 때문이다.

아빠 말이 맞았다. 나는 단단하고 메마른 땅에서도 끈질기게 자라는 잡초와 같았다. 그런 잡초는 생명력만 있는 것이 아니라 메마른 토지에 양분을 준다. 이제 한두 평의 척박한 땅이라도 따뜻한 온기를 전하는 잡초와 같이 내가 다른 누군가에게 힘이 될 수 있다면 지난 시간이 무가치하지 않다고 할 수 있을 것 같다. 그것이 잡초라는 이름이 더 이상 서운하지 않은 까닭이다. 나의 잡초 같은 삶에도 이유가 있음을 이제는 어렴풋이 알겠다.

PART 5

나를 먼저
사랑하는 일

아빠의 작전명:
기다려!

우여곡절 끝에 대학을 졸업했다. 한국이라면 취업 걱정이 앞서겠지만 카자흐스탄은 한국에 비해 저임금이긴 해도 일자리는 충분했다.

"졸업하고 갈 곳 없으면 우리 회사 일 좀 도와줘!"

나는 학생회 활동을 하며 알게 된 한 한국 광고 회사의 카자흐스탄 지사장의 제안으로 졸업 전에 채용이 되었다. 그 회사의 대표가 한국인이라 직원들과 소통하기 어려워 통역사를 겸한 직원이 필요했던 것이다. 하지만 나이도 어리고 광고 업무도 잘 모르는 신입이 대표를 대신해 직원들에게 업무를 전달하다 보니 그 모습이 좋게 보이지 않았나 보다. 어느 순간 나와 직원들 사이에는 알게 모르게 거리감이 생겼다. 그러던 중 광고 업계에 비수기가 왔고 내가 다니던 회사도 일이 점점 줄었다. 계속 다녀야 할지 고민하던 찰나 한국은 취업하기가 쉽지 않다는 이야기를 듣게 되었다.

'대체 어느 정도길래 그러는 걸까?' 호기심에 한국 구직 사이트를 검색해 보았다. 몇몇 대기업에서 러시아어를 구사할 수 있는 인력을 찾고 있었다. 마침 카자흐스탄에서 유학을 마치고 돌아간 한국인 친구도 한국에서 좋은 회사에 취업했다는 소식을 전해 왔다. 그 소식에 나도 해 볼 만하겠다는 생각이 들어 이력서를 넣었다. 하지만 토익 점수나 러시아어 자격증을 준비하지 못한 상태라 서류 전형에서 번번이 떨어졌다.

'이렇게 이력서나 보내면서 한국에서 불러 주길 기다려서는 죽도 밥도 안되겠어. 아무래도 다시 한국에 가야 하지 않을까?' 그렇게 1년여의 광고 회사 생활을 마감하고 새로운 직장을 찾아 또 다른 꿈을 꾸었다. 아빠에겐 거의 통보하다시피 내 결정을 말씀 드렸다.

"아빠, 저 한국에 다시 가려고요."

"직장 잘 다니고 있는데, 왜?"

"지금 스물여섯인데 한국에서 취업하기에는 마지막 시기인 것 같아요. 늦기 전에 한 번 도전해 보고 싶어요."

늘 그렇듯 아빠는 나의 결정을 큰 걱정이나 만류 없이 격려해 주었다. 해 볼 만하다고 믿어 주는 부모가 있기에 나는 다시 용기를 냈다. 처음이 어렵지 혼자 한국으로 가는 건 더 이상 어렵지 않았다. 한국에 있는 고마운 친구를 통해 월세를 마련하고 한국행 비행기에 몸을 실었다. 하지만 한국에 나가기만 하면 일사천리로 진행될 줄 알았던 취업은 예상보다 고배를 많이 마셔야 했다.

어느덧 하반기 공채 시즌이 마감되고 있었다. 큰소리치고 나와 성과를 내지 못한다는 사실에 내 마음은 불안하고 초조했다. 다행히 아빠, 동생과 주기적으로 주고받은 메일은 취업 활동을 지속할 수 있게 하는 동력이 되었고, 덕분에 마음도 다잡을 수 있었다. 서류와 면접 과정 중에 아빠로부터 받은 메일은 아직도 메일함에 보관해 두고 가끔 꺼내 보기도 한다.

사랑하는 내 딸 정은아

어려워도 조금만 참고 견뎌라. 인생은 기다림의 연속이란
다. 네가 그걸 깨달을 때까지 너를 혼자 남겨 놓고 싶구나.
중요한 건 스스로 경험해 보고 아빠의 작전을 깨달아야 한
다는 것이다. 이번에 서울에 가서 네가 지내는 모습을 보고
너무 마음이 아팠지만 내가 가슴이 아픈 만큼 네겐 쓴 약이
되리라 믿으며 둘도 없는 찬스라고 생각하기도 했다.
그러니 어려워도 어렵다 생각하지 말고 최대한 경험을 해
봐라. 그것이 곧 네 재산이 될 테니.
그럼 다시 연락하자꾸나.
아빠가.

아빠의 '작전'에 휘말린 것일지도 모르겠다. 하지만 한
가지 분명하게 깨달은 게 있었다. 스스로 체득할 때까지
기다림이 필요하다는 것 그리고 지난한 기다림 끝에 맺
는 열매는 누구보다 오롯이 버텨낸 자의 몫이라는 것이

다. 그렇게 1년여의 준비와 기다림이라는 작전 속에 나는 원하던 회사에 취업을 했다.

회사뽕에
취한 날들

여의도의 밤하늘이 반짝였다. 별 하나 보이지 않는 빌
딩 숲 사이 밤하늘이 빛난 건 많은 이들의 열정으로 타오
르는 야근 불빛 때문이었다.

"박 대리, 아직도 안 갔어?"

"아, 네… 오늘까지 마무리할 게 있어서요."

"얼른 가, 매일 늦네."

'대기업 입사'라는 욕망에 이글거리던 나는 그토록 바
라던 회사에 취업한 뒤 무수한 야근과 주말 특근 속에 속
절없이 무너지고 말았다. 입사 4년 차에 열두 시고 새벽
두 시고 할 것 없이 야근을 밥 먹듯이 하니 업무적으로나

체력적으로나 비효율의 극치를 달렸다. 처음부터 그랬던 건 아니었다. 러시아어를 특기로 내세워 긴 도전 끝에 기업 공채로 입사했을 때만 해도 기쁨에 몸이 날아오를 것 같았다. 입사 후 1년은 '이게 상사 맨이지', '이게 대기업 맨의 삶이지' 하며 소위 말하는 국뽕 아닌 '회사뽕'에 취해 야근을 해도 피곤한 줄 몰랐다. 퇴근하고도 실수를 가장해 사원증을 패용하고 버스나 지하철을 타곤 했으니 말 다했다. 홀아비의 자랑이 되었다는 사실 또한 나의 어깨를 한껏 으쓱하게 만들었다.

많은 자녀가 그렇듯 나 또한 부모님의 자랑이 되고 싶었다. 한 부모 가정이라 주위 사람들의 안타까움을 샀던 일들, 드러내기 부끄러웠던 지난날들은 나의 성공적인 취업으로 모두 상쇄될 것 같았다.

"아니, 우리 딸이 이번에 ○○기업 공채로 들어갔어!"

어릴 적 꿈꿨던 외교관이 되진 못했어도 아빠 딸이 누구나 알 만한 회사에 다닌다고 자랑할 정도가 되길 바랐다. 어려운 환경에서도 꿋꿋이 잘 자랐다는 얘기가 듣고 싶은 건 아니었다. 다만 불쌍한 아이들이라는 이미지만큼은 지우고 싶었다. 나라는 사람이 엄마 없이 자란 딸이 아니라 크고 좋은 회사에 다니는 누군가로 설명된다면 얼마나 좋을까. 회사 이름 하나로 나를 설명할 수 있다는 사실만으로 가슴이 벅차올랐다.

하지만 회사라는 큰 이름에 의지할수록 나는 그곳에서 점점 더 헤어나오기 힘들어졌다. 어느 회사 무슨 직급이라는 이름표가 없어지면 내 존재는 또 가치가 없어질 것이란 생각이 들었다. 게다가 회사를 나가면 입사했을 때 누구보다 기뻐했던 아빠가 크게 실망할 것 같았다. 아니나 다를까 아빠에게 넌지시 퇴사 얘기를 꺼내니 평소와 달리 격렬하게 반대했다. 남들도 다 그렇게 사니 조금만 더 버텨서 과장이라도 달고 생각해 보자는 것이다. 하지만 내 미래가 될 상사의 모습을 보니 그보다 더 높은 직급으로 올라갈 자신도 없거니와 올라간다고 해도 내가 원하는 모습은 아니었다.

그토록 꿈꿔 온 회사에서 일하게 되었지만 우수한 직

원들과 나를 비교하며 비하와 자책을 했다. 어느덧 나는 퇴사를 꿈꾸고 있었다. 다만 아빠가 자랑스러워하던 모습이 마음에 걸려 지쳐 가는 와중에도 선뜻 결단을 내리지 못한 채 의미 없는 시간을 보냈다.

부모의 자랑이 되면 내 삶도 완벽해질 줄 알았다. 연락도 없던 친척이 다시 우리에게 관심을 갖는 게 씁쓸하기도 했지만 뿌듯하기도 했으니 말이다. 그게 인생을 제대로 살아가고 있다는 반증으로 보였다. 그런데 그게 다는 아니었다. 나부터 생각하고 아껴야 한다는 건 시간이 한참 지나고 나서야 깨달았다.

조건
연애

＊

대학 때 만나던 남자친구가 있었다. 그를 만나면 나는 내게 없는 색을 찾아 채울 수 있을 것 같았다. 그의 밝고 거리낌 없이 세상을 마주하는 모습이 좋았다. 어쩌면 상대의 긍정적인 시선을 통해 그가 마주하는 밝은 세상까지도 공유하려 했는지 모르겠다. 나와 비슷한 사람을 만난다면 마음속 깊이 자리한 세상과 운명에 대한 원망으로 끝도 없을 우울함에 빠질 것 같았다. 그래서 아무 의심 없이 사랑을 쏟아 줄 수 있는 따스한 색감을 가진 사람을 만나 그가 나의 어둠을 환하게 밝혀 주길 바랐다.

"넌 내가 왜 좋아?"

"이유? 없는데? 사랑하는 데는 이유가 없는 거야."

그는 늘 가볍고 즐거운 이야기만 하는 사람이었다. 그에 비해 나는 이런 삶이라면 빨리 끝나는 것도 나쁘지 않다고 생각할 정도로 마음속 깊은 곳이 늘 어두웠다. 사랑도 받아 본 사람이 잘한다고, 그는 부모님의 사랑을 듬뿍 받고 자란 외아들로 무엇이든 나누고 베푸는 데 익숙했다. 세상에 부러울 것도 아쉬울 것도 없어 보였다. 그런 모습이 나의 어두운 마음과 대비되었다. 마냥 밝기만 한 그의 곁에 있으면 쓸데없는 우스갯소리나 하며 걱정과 고민, 불안도 잊은 채 마음을 내려놓고 온전히 쉴 수 있었다.

나에겐 아빠로부터 받았던 사랑이 무색하게 타인에게 베풀 사랑이 부족했다. 내 마음은 조건부였다. 어렵게 얻은 사랑을 어느 날 갑자기 잃지 않을까 늘 노심초사했다. 상대가 나를 떠나지 않을 거란 확신이 들어야 비로소 내 마음을 내보일 수 있었다. 나를 낳아 준 엄마조차 나를 포기했으니 상대가 나를 버리고 떠날 이유는 차고 넘칠 것이라 생각했다.

'사랑엔 이유가 없다'는 그 사람의 말마따나 이유가 없으니 사랑도 변하지 않을 거라는 안심이 생겼다. 그러나 나는 헤어지자는 말로 그를 시험하며 지치게 했다. 어느새 우리 둘의 관계는 구멍이 숭숭 나고 말았다. 변하지 않기를 바라면서 내가 먼저 우리의 관계를 종잡을 수 없게 해 버렸다. 결국엔 그것이 해가 되어 나에게 돌아왔다. 타인을 믿을 수 있을지 없을지를 시험하기에 앞서 자신부터 믿고 사랑해야 했다.

잔인한
오월의 편지

✱

오월입니다.

메일을 열었을 때 낯선 이메일 주소와 제목을 본 순간 심장이 방망이질을 해댔다. 남자친구의 부모님으로부터 온 '우리 아들을 그만 만나라'는 메일이었다. 내가 마음에 들지 않았는지 자라 온 가정 환경이 문제였는지 짐작만 해 볼 뿐이지만 이유가 뭐였건 그리 좋은 경험은 아니었다.

신은 믿었지만 종교는 없던 내게 교회 집사님이었던 남자친구 부모님은 종종 '여자 친구도 교회에 다니라고 해라'라는 말을 그에게 전하곤 했다. 그걸로 봐선 종교가 없다는 게 탐탁지 않았던 것 같기도 하다.

작은 한인사회인지라 남자친구 부모님이 이성친구를 만나는 것을 좋아하지 않는다는 얘기도 쉽게 들려왔다. 내가 홀아버지 아래에서 자란 것도 그리 좋아할 만한 요소는 아니었을 것이다. 하나뿐인 아들을 공부시키려 유학을 보냈는데 연애에 빠져 있으니 언짢을 듯도 했다. 갖가지 나를 싫어할 이유가 머릿속을 헤집었다.

자질구레한 이유로 이별 통보를 받고 오는 아들의 모습을 차마 볼 수 없었던 어머니는 급기야 내게 메일을 보냈다. 그렇게 그 친구 모르게 이별 요구(?)를 받았다. 메일은 한 편의 시처럼 계절을 찬양하는 인사말로 시작해 이제 정말 자신의 아들을 그만 만나라는 말로 끝났다. 우아한 어투여서 나는 더 비참했다. 남자친구를 힘들게 한 내 탓이 컸음에도 상대의 부모님으로부터 이별을 종용받으니 억울하고 자존심도 상했다. 자격지심에 나의 다른 조건이 마음에 들지 않아서 이런 메일을 보낸 게 아닐까 지레짐작하기도 했다.

'내가 이혼 가정의 자녀가 아니었더라도 이런 메일을

보냈을까.'

　이런저런 생각이 들었지만 끝내 내가 할 수 있는 거라곤 '잘 알겠다, 죄송했다, 이제 그만하겠다'는 답장을 보내는 일뿐이었다. 그렇게라도 돼먹지 못한 한 부모 가정의 아이가 아니라는 걸 증명해야 했다. 어쩌면 이 모든 것은 나의 자격지심이 부른 오해이거나 태도의 문제이거나 지나친 비약일 수도 있다. 하지만 여전히 그 기억은 쓰리다.

　내 자식의 상황이 좀 더 좋아질 수 있다면 어느 부모가 그렇게 하지 않을까 싶다. 다만 오늘의 나는 부모로서 좀 더 이성적이고 지혜로운 사고를 할 수 있기를 기도하고 다짐한다.

나도 결혼할 수 있을까?

이십대 초반의 순수한 만남과 사랑이 지나간 자리엔 두려움이 찾아들었다. 어릴 적부터 은연중에 느껴 왔던 불안이 다시 엄습했다. 그건 '나는 결혼을 하지 못할 것'이란 두려움, '평범하게 살지 못할 것'이란 불안이었다. 종종 '혹시나 결혼을 하더라도 금세 이혼하지 않을까'라는 생각을 했다. 지금은 아니지만 그때는 방송이나 미디어에서 편견 어린 말들을 쉽게 들을 수 있었다. '자식은 부모 팔자를 닮는다', '이혼 가정의 자녀는 쉽게 이혼한다'와 같은 말들이 나를 괴롭혔다.

내 미래에 행복한 결혼은 예정되어 있지 않은 것 같았다. 그렇지 않아도 집에서 '개인주의다', '무뚝뚝하다' 등의 말을 듣고 자란 나였다. 상처받고 싶지 않은 마음에

183

어떤 상황에 놓이더라도 가급적 나를 위한 결정을 내렸고, 여린 내 마음이 크게 동요하지 않을 만한 행동을 했던 것이 그런 평가를 받게 했다. 그래서 나는 함께 살아갈 짝을 만날 수 없을 거라고 판단해 버렸다. 하필 고모들도 다 미혼이었다. 큰아버지, 작은아버지 가정은 비교적 '일반적으로' 살아가고 있었지만 눈에 들어오지 않았다. 오히려 '비혼'이 우리 집안에 내려진 숙명처럼 느껴졌다.

자연스럽게 결혼은 가당치 않다고 생각했다. TV 드라마에서 자주 등장하는 결혼을 반대하는 이유는 내게도 충분히 해당될 거란 생각이 들었기 때문이다. '내 아들 그만 만나라'는 얘기도 들은 차였다. 이혼 가정인 데다 경제적으로 여유롭지 못한 것이 아빠도 내심 걱정되었는지 나중에 결혼 상대를 만나게 되면 상대 부모님께는 엄마가 돌아가셨다고 말하라고 했다. 이혼보다는 돌아가신 게 불가항력으로 보일 가능성이 높다는 데 기인한 것이다. 자녀도 부모도 누군가로부터 거절당할 것을 염두에 두며 사는 삶이었다.

우여곡절 끝에 좋은 사람을 만났고 결혼을 결정했지만 걱정은 계속 되었다. 바로 결혼식장 혼주 자리에 대한 고민이었다. 아빠 혼자 앉아야 할까, 친척 어른께 엄마 대신 앉아 달라고 부탁 드릴까. 친척들과는 오랫동안 연락도 끊고 살았던 터라 갑작스레 전화를 드려 부탁하기도 민망했다.

결국 결혼식 혼주 자리엔 아빠의 여자친구가 앉았다. 그분을 굳이 혼주 자리에 모신 데에는 직장과 관련한 이유가 가장 컸다. 호사가 팀장님이 있던 직장에서 한 부모 가정임을 별생각 없이 드러냈다가 생겼던 일 때문이었다.

"박 대리, 엄마 없이도 잘 자랐다고 그 나라에서도 소문이 파다하던데? 박 대리를 모르는 사람이 없더라고."

팀장은 카자흐스탄으로 출장을 다녀와서는 나를 당신 자리로 불러 주위 사람들이 다 듣도록 칭찬에 빗댄 알은체를 했다. 뿌듯하기는커녕 숨고만 싶었다. 그도 그럴 것이 유복하게 자란 팀원에게 하던 말들과는 조금 달랐기 때문이다.

"김 대리는 학군 좋고 집값 비싼 곳에서 자랐다며? 아버님이 의사시랬지? 이야, 회사 생활은 적당히 해도 되겠어."

어찌 보면 듣기 좋은 칭찬을 한 것일 수도 있다. 그런데 내겐 그 말이 왠지 모르게 비수가 되어 꽂혔다. '김 대리는 유복하니 대충해도 되고 어려운 가정 출신은 더 열심히 해야 한단 뜻인가?' 나는 자격지심으로 심보가 꼬인 탓에 팀장님이 집안 수준에 따라 사람을 차별한다고 생각했다. '저렇게 집안 배경을 따지는 분이면 우리 집이나 나를 얼마나 하찮게 볼까?'라는 생각도 들었다. 팀원들의 배경을 속속들이 알고 그에 대해 서슴없이 주변에 얘기하는 모습을 보면서 이직을 한다면 개인사는 절대 드러내지 말아야겠다고 다짐했다.

이후 이직을 하게 되었고, 새로운 회사에서 나는 내

가정사에 대한 언급 없이 '신부 측 부모'란에 두 분의 성함을 모두 쓰고 결혼식을 올렸다. 그러나 회사를 나와 아이를 낳고 부모가 되니 '내 잘못이 아니었던 것을 왜 그리 죄인처럼 숨기고 살았을까' 하는 후회도 든다. 편부슬하의 딸이 된 것은 나의 선택도 잘못도 아니었다. 자격지심이라는 칼날은 그렇게 스스로에게 생채기를 냈다.

나를 성장시킨
두 번째 사람

✳

"나 결혼할 사람을 만난 것 같아."

"뭐? 언니 오늘 그 사람 처음 만난 거 아니야?"

"응, 그런데 정말 느낌이 오던데?"

지금의 남편을 처음 만나고 집으로 돌아오는 지하철에서 동생에게 전화를 걸어 이야기했다. 이전엔 이런 말을 한 적이 없었기에 동생도 무척 신기해했다.

처음 만난 날 결혼하게 될 것 같다는 감정을 갖게 된 건 무엇보다 남편의 가정사를 듣고 동질감을 느꼈기 때문이다. 남편은 나처럼 부모님이 이혼하거나 한 부모 가정에서 자라지는 않았지만 청각 장애가 있는 부모님에게서 태어나 '열심히 자랐다'. 열심히 자랐다는 건 환경을 탓하며 종종 좌절하고 포기하고 싶은 순간이 있었음에도 나름의 본분을 다하며 성장했다는 의미다. 남편의 부모님은 비록 소리로 말을 전할 수 없어도 자식에게 무조건적인 사랑을 주었다. 가까이에서 도움을 주는 감사한 친척도 있었다. 그분들의 사랑과 기대가 있었기에 더 바르게 자랐을 것이란 생각이 들었다.

남편은 따뜻했고 듬직했다. 그의 끔뻑끔뻑 황소 같은 눈망울이 주는 포근함에 그를 만난 겨울이 더 따스하게 느껴졌다. 마음이 황폐하고 누군가에게 기대고 싶을 때라 그런 모습이 더 마음에 다가왔다.

그땐 아무도 나를 이해하지 못할 거라는 생각이 커서 평탄한 삶을 살아온 사람들과는 거리감이 들었다. 그런 시기에 그를 만나서일까. 그의 배경과 지난날이 좋아 보였다. 게다가 조금은 보수적인 어른스러운 모습을 보니 삶을 진지하게 대할 거란 생각이 들었다. 나의 이야기를 경청하고 공감해 주니 내게 그보다 편안한 짝은 없을 것 같았다.

하루하루 회사 생활을 하기에 바빴던 나는 나의 외로

움, 불편함, 자격지심, 자존감 하락의 근원을 깊이 생각해 볼 겨를이 없었다. 원인도 모른 채 불편감만 안고 살던 시기였다. 그래서 내게 잘 해 주거나 사랑을 듬뿍 줄 것 같은 친구(특히 이성)를 만나면 말도 안 되는 시험으로 상대를 힘들게 했다. '정말 이렇게까지 해도 내가 좋아?'라는 듯 사랑을 확인받으려는 처절한 모습이었다.

그런데 이제 그렇게 하지 않아도 될 것 같았다. 각자 가지고 있던 반쪽짜리 '영혼의 펜던트'가 드디어 한 쌍으로 딱 맞춰진 느낌이었다. 무엇보다 나와 비슷한 아픔과 어려움을 겪었다니 무엇을 이야기해도 마음이 통하겠다는 안도감이 컸다.

결혼하고 나니 다른 부분이 꽤 많아 논쟁을 통해 맞춰가고 있지만 기본적으로 따뜻한 사람임에 틀림없다. 회사 일에 치여 고단함이 이루 말할 수 없을 때도 시간을 쪼개 남편과 1년간 연애를 하고 결혼에 골인했다. 아빠에 이어 나를 성장시켜 준 두 번째 사람이었다.

천둥벌거숭이들의
결혼

"사람만 괜찮으면 난 내가 모은 돈으로 결혼할 거야."
"오~ 박수~!"

입사 동기들과의 한 식사 자리에서 남자 동기들이 박
수를 쳤다. 상당수의 미혼 남성들이 경제적으로 결혼할
준비가 될 때까지 식을 미루거나 결혼 자체를 포기한다
는 뉴스가 제법 나오던 시기였다. 나는 안타까운 마음에
남편을 만나기 전부터 주변 사람들에게 내가 번 돈으로
결혼할 거라고 입버릇처럼 말하곤 했다. 말이 씨가 되는
지 때마침 만난 남편은 이제 막 사회생활을 시작한 사람
이라 결혼할 준비가 전혀 되어 있지 않았다. 열정과 패
기가 차고 넘치던 남편은 '돈이 없으면 어떠냐', '사랑만

있으면 행복한 것 아니냐'고 말했다(지금은 그때 그 말을 했던 자신을 이해하지 못한다). 나 역시 현실 감각이 없기는 마찬가지여서 "음… 그런가?" 하면서 중요한 인륜지대사 人倫之大事 를 비교적 가벼운 마음으로 진행했다. 물론 준비하는 사이사이 '이게 맞는 건가'라는 생각도 들었지만 딱히 물어볼 곳도 없었다. 세상 모르는 천둥벌거숭이 둘이었다.

결혼 자금을 조금이라도 더 마련하기 위해 1년 정도 결혼을 미룰까 고민도 했다. 그렇지만 남편은 외아들로 자라 외로움을 많이 느낀 터라 가능한 빨리 가정을 꾸리고 싶다며 결혼을 속행하길 바랐다. 나중에 알았지만 남편은 친척들에게 도움을 받을 수 있을까 싶어 친척집을 한 곳씩 방문하여 자금 지원을 부탁하기도 했다고 한다. 그러나 당시 스물여덟이었던 남편은 어른들에게 '좀 더 준비한 후 결혼해도 나쁘지 않다'는 조언을 들었다. 비록 남편이 기대한 말은 듣지 못했지만 지금에 와서 다시 생각해 봐도 시댁 어른들의 반응은 너무나 당연한 것이었다.

경제적인 문제 때문에 원하는 시기에 결혼할 수 없어 풀이 죽은 그를 마주하자니 마음이 아팠다. 그간 내가 뱉은 말도 있어서 고심 끝에 결혼식 비용을 최소한으로 줄여 진행하기로 했다.

마음의 결정을 거의 내린 상태로 아빠에게 남편을 소개했다. 혹시나 드라마에서처럼 '다시 한번 생각해 보는 건 어떠니?'라는 소심한 권유를 하실까 싶어 마음을 졸였는데, 그 걱정이 무색하게 소개 자리는 싱겁게 마무리됐다. 아빠는 평소보다 말을 아꼈다. 딱히 그 분야(?)의 조언을 해 줄 자신이 없었던 건지, 이미 결정한 것 같은데 무슨 말을 더 할까 싶어서였는지 모르겠지만 퇴사를 적극 만류하던 모습과 사뭇 달라 어리둥절하기도 했다. 어쨌든 결혼도 내가 반드시 스스로 책임져야 하는 일이라는 생각은 분명해졌다.

마침 내가 다니던 회사에서는 직원들에게 강당을 무상으로 대관해 주고 회사 식당에서 피로연을 할 수 있었기에 저렴하게 식을 올릴 수 있었다. 신혼집 가전, 가구 등은 최대한 이전에 내가 사용하던 것을 쓰기로 하고 회사 주변 오래된 11평 아파트에 신혼살림을 꾸렸다. 지금 생각해 보면 무슨 배짱으로 그런 큰일을 주변 사람들과 상의도 없이 혼자 해 버렸는지 겁도 없었다 싶다. 혹여 일을 벌여 둔 상태에서 잘못되었으면 어땠을까라는 생각에 아찔하기도 하다. 결과적으론 계획보다 조금 일찍 결혼을 서두르고 긴축했던 덕에 하나일 때보다 둘이서 금방 주거의 안정을 찾을 수 있었다.

결혼을 하지 못할까 봐 걱정하던 내게 너도 할 수 있다고 신이 축복해 준 것 같다. 무엇보다 잘했다고 생각하는 것은 그 누구의 도움도 받지 않고 둘의 인생을 시작한 점이다. 우리가 결정한 것에 책임을 지며 살자는 마음이 우리 부부의 능력과 자립심을 더욱 키워 주었다.

서로 부족한 상태로 만나 이를 채우며 살아가는 것이 결혼인가 보다. 서로의 부족함과 못 가진 점에 대해 불안해하지 않고 그것을 채우고 돕겠다는 마음으로 시작한다면 결혼 생활은 그보다 더 이상적일 수 없을 것 같다.

가정이라는
안식처

신혼 생활은 그럭저럭 소소한 재미가 있었다. 우리는 맞벌이 부부였기에 얼굴 볼 시간이 적다는 것만 빼면 말이다. 외국계 회사에 다니는 남편은 비교적 퇴근 시간이 일정했지만, 국내 기업에 다니던 나는 새벽에 나가서 밤 늦게 들어오는 일이 많았다. 그래도 쓸쓸한 원룸 대신 좁으나마 온기가 있는 곳에 돌아갈 수 있다는 사실 하나로 안도감을 느꼈다. 회사 내 경쟁에 치이며 정신적으로 황폐했던 그때의 내겐 돈보다 따뜻하고 안정적인 삶이 필요했다. 높지도 않던 자존감을 바닥이 보이도록 깎아 먹고 나니 내 존재가 한없이 쓸모없게 느껴져서였다.

동기들은 회사에서 안 좋은 일을 겪어도 빨리 이겨내 곤 했는데 나는 그렇지 못했다. 회복 탄력성이란 게 상대적으로 떨어지는 것 같았다. 그럴 땐 괜히 과거 탓을 했다. 내가 어릴 적부터 누군가에게 조건 없는 사랑과 지지를 받았더라면 이렇게 모래성같이 쉽게 무너질까 싶기도 했다. 탓한다고 해결되는 것이 없음에도 그때의 나는 지나치게 나약했다.

그런 나를 곁에서 지지해 주고 용기를 북돋아 주는 사람이 있다는 것은 다행스런 일이었다. 남편을 만나기 전까지만 해도 회사를 관두고 저 멀리 아무도 나를 모르는 곳으로 떠나 버릴까 생각도 했다. 밤늦게 퇴근하고 침대 하나 겨우 들어가는 좁은 원룸으로 돌아와 잠시 몸을 눕혔다가 새벽에 출근해서 같은 일을 반복하는 삶이 무의미하게 느껴졌다. 이렇다 할 성취도 성장도 없이 남과 나를 비교하면서 하루하루 아무렇지 않은 척 버텨야 했다. 지금 생각하면 일에 욕심이 앞서 오버페이스를 했기에 겪었던 지침과 허무함이었던 것 같다. 적당히 해치우는 것이 미숙한 때였다.

그런데 결혼을 하고도 이전과 비슷한 방식으로 생활하다 보니 꿈꿨던 만큼 결혼 생활을 만끽하기 어려웠고 이건 뭔가 아니다 싶었다. 가족과 행복하게 살기 위해 돈을 버는 건데, 돈을 벌기 위해 행복한 삶을 미뤄 두어야 한다니 그 상황이 모순되게 느껴졌다. 배우자와 함께 밥을 먹고 아이도 갖고 여느 가정과 다름없이 생활하고 싶었다. 전부터 회사를 쉬며 나에 대한 고민을 좀 더 해 보고 싶었는데 살림하는 아내를 이상적으로 생각하던 남편이 동의하여 퇴사를 감행했다. 다른 무엇도 준비되어 있지 않던 상태에서 그야말로 무작정 일을 벌였다.

덕분에 회사에 메인 몸이었을 때 할 수 없었던 많은 것들을 시도해 보았다. 나를 돌아보고 다독이는 시간이었다. 그간 구축해 놓은 약간의 경제적 여유로 배우고 싶었던 것을 배우고 운동도 다녔다. 회사에 다닐 땐 뒤에서 누군가 내 모니터를 지켜볼까 싶어 쉽사리 검색하지 못했던 정보도 집에서 편히 찾아보았다. 심신의 안정을 찾고 쉼을 택하자 곧 아이도 생겼다. 그렇게 함께 일군 가정이 주는 안락함으로 내 마음도 조금씩 평온해졌다.

아이는
내가 아니다

　　퇴사 후 나름대로 자격증을 따려고 노력하고 소소한 돈벌이를 위해 전문성은 드러낼 필요가 없는 단순 업무를 하기도 했다. 호기롭게 회사를 관두긴 했지만 이대로 나 자신으로서 사는 삶이 끝일까 봐 내심 두려웠던 것이다. 그러다 아이를 낳고서야 나는 내가 무언가 해야 한다는 짐을 조금 내려놓았다. 이렇게 비로소 '가정주부'가 되는구나 싶었다.

　　아기만 돌보며 살던 어느 날이었다.

　　"여보, 이것 좀 봐. 내가 기차에서 본 건데…."

　　KTX를 타고 지방 출장을 다녀온 남편이 책에서 보았

다며 '번역 아카데미 수강생 모집' 공고 사진을 내밀었다. 모집 언어 중 러시아어가 있다는 이유로 반가운 마음에 핸드폰으로 찍어 온 것이다.

"일주일에 한 번 나가는 거니 괜찮지 않겠어? 기껏 배워 놓은 언어를 안 쓰는 것도 아깝잖아."

그간 소소한 돈벌이를 하면서 아이만 돌보는 내 모습이 어딘가 모르게 안타까웠나 보다. 남편은 일주일에 하루 정도는 일찍 퇴근할 테니 관심이 있으면 저녁반에 응시해 보라고 했다. 번역 아카데미는 주중엔 온라인으로 번역 과제를 수행하고 일주일에 하루만 출석하여 수업을 받는 시스템이었다. 국내 소설 작품이 해외에 널리 알려질 수 있도록 작품 번역가를 전문적으로 양성하는 정부 산하기관이어서 수강료도 저렴했다. 다만 남편의 본가를 따라 수원에서 살고 있었는데 대중교통 편이 좋지 않아 강남까지 차를 몰고 가야 한다는 것이 번거로웠다. 그것만 빼면 아기 위주로 돌아가던 삶에 활력소가 될 것 같았다.

　24시간 아이와 붙어 지내던 일주일 중 하루는 네댓 시간 정도 떨어져 수업을 받기로 했다. 라디오를 틀어 놓고 석양을 바라보던 느낌과 차가 집에서 멀어질수록 조금씩 홀가분해지던 기분이 지금도 생생하다.

　사실 그런 기분을 느끼게 되기까지 시간이 필요했다. 한동안은 아이와 떨어지는 상황을 받아들이지 못해 아이가 우는 만큼 목 놓아 울었더랬다. 아이가 어렸을 때의 나처럼 엄마를 기다릴지도 모른다는 생각에서 벗어날 수가 없었다. 가끔 남편이 아이를 어머니께 맡기고 영화를 보고 오자고 하면 한 번 정도 억지 춘향으로 다녀왔는데 문제는 영화를 보고 돌아올 때였다. 현관문을 열기 전부터 며칠이나 아이를 보지 못했던 양 코끝이 시큰거렸고 나와 아이는 서로 보자마자 누가 먼저랄 것도 없이 부둥켜안고 통곡을 했다. 그걸 보는 시어머니와 남편이 얼마나 황당했을까 싶다. 내 딴에는 아이가 엄마가 어디에 갔는지 궁금해도 표현을 못하고 다른 곳에 주의를 기울이며 시간을 보냈을 것이 상상되어서였다. 아이와 어릴 적 나를 지나치게 동일시했던 것이다. 그런데 어느 순간 생각해 보니 나의 그런 모습이 아이를 더 불안하게 할 것 같았다.

그 후부터 나는 내 자신을 부모와 떨어뜨려 사고하듯 나와 아이도 분리해서 생각해야겠다고 마음먹었다. 아이는 지금의 나도, 어린 시절의 나도 아닌 또 다른 인격체임을 인식해야 했다. 한 인격체에 대한 존중을 바탕으로 그만의 심적, 물적 공간을 침해하지 않기 위해 누군가의 말처럼 우리 집에 놀러 온 옆집 아이를 대하듯 보살펴야겠다 싶었다. 그렇게 노력하다 보니 나도 조금씩 온전한 자유를 누릴 수 있게 되었다.

*   입으로 먹고사는
                            사주

"정은 씨, 공부를 좀 더 해 보는 거 어때요?"

어느 날 번역 아카데미 교수님이 내게 대학원에서 통
번역을 전문적으로 배워 보라는 제안을 했다. 당시 대학
원 입학을 고려하던 동생 대신 대학원 교수직을 겸하고
있는 교수님께 몇 번 그와 관련된 질문을 드린 게 계기가
되어 대학원 시험을 준비하게 되었다(정작 동생은 지원하
지도 않았다).

"너는 사주를 보니 말로 먹고 산다더라."

문득 어릴 적 고모가 사주를 보고 와서 해 줬던 말이

생각났다. 그 말을 듣고 자란 내가 그러한 삶을 만들어 낸 건지, 아니면 정말 운명이 있는지 모르겠지만 만일 운명이란 게 있다면 이런 걸까 싶다.

그때를 생각하면 내 의지와 상관없는 운명의 소용돌이 속에 빨려 들어간 것 같다. 아이는 두 돌이 채 되지 않았고 면허도 장롱면허라 장거리 운전이 익숙하지 않던 때였다. 더구나 외벌이로 살고 있어 대학원에 다닐 만한 경제적 여유도 없었다. 설상가상 당시 서른여섯이었으니 그 나이면 수강이 아니라 많은 경력을 쌓고 출강을 나갈 나이였다. 게다가 카자흐스탄에서 나온 지 10여 년이 넘어 언어가 유창하지 않았고, 학생들과 실력 차이가 나서 혹여 수업에 피해가 되지는 않을까 걱정이 됐다. 한편으로는 내겐 회사에서 쌓은 통번역 경력이 있으니 이를 강점으로 동기들과 경험을 나누면 되지 않을까란 생각도 했다.

무엇보다 나의 경력이 여기서 끝길지 지속될지 고민이 들었다. 아이가 크고 나면 내가 무엇을 하고 있을지도 떠올려 보았다. 거기까지 생각이 이르니 어쩌면 그것은 내게 온 기회 같았다. 남편도 틈틈이 아이를 돌봐 줄 수 있으니 한번 시도해 보라며 적극적으로 입학을 권유했다. 일단 결정을 내리고 부차적인 것들은 몸으로 부딪히며 해결하기로 했다. 놓치면 후회할지 모른다는 생각에 나는 또 '그럼에도 불구하고'라는 결정을 내렸다. 가끔 두려운 결정을 할 때 '될 대로 되라'는 식으로 결정을 내리면 고민했던 장애물이 자연 해소될 때도 있기 때문이다.

아이는 남편이 유연 근무를 하면서 돌보았고 장거리 운전은 다른 운전자들로부터 경적 소리를 수십 번 들어가며 도로 위 학원에서 몸소 배웠다. 경제적인 문제는 조교 활동을 하면서 받은 장학금으로 어느 정도 해결했다. 그렇게 막상 부딪혀 보면 많은 것이 해결된다는 것을 다시금 깨달았다.

사실 회사에 다닐 때도 통번역대학원 입학을 고민해 본 적이 있었다. 그런데 시험의 난이도도 높았고, 과연 내가 회사를 휴직하고 학교를 다닐 수 있을지 여러 번 생각하다 이내 포기하곤 했다. 그랬던 내가 아이 엄마가 되어 더 많은 장애물이 있음에도 학교를 다니다니, 역시 모든 일에는 때가 있구나 싶었다. 내가 무언가를 원할 때 무리하게 그것을 향해 발버둥 치기보다 그것을 소망하고 마음속에 품으면 기회가 나타났을 때 자연스레 포착할 수 있구나 하는 생각이 들었다.

분리 불안
엄마

사실 통번역대학원에 합격하고도 아이 걱정에 입학 결정을 세 번이나 번복했다. 갓 세 살 된 아이를 어린이집에 맡기고 학교에 가기가 실로 고민스러웠기 때문이다.

'아이는 태어나 최소 3년간 엄마와 많은 시간을 보내며 애착을 형성해야 한다.'

직장맘의 마음을 힘들게 하는 일종의 모성을 강요하는 이야기가 머릿속을 맴돌았다. 그보다 나를 떠난 부모에 대한 트라우마로 나는 내 아이의 어린 시절을 가능한 오랫동안 곁에서 보고 지켜 주고 싶었다. 그것이 새로운 시작을 어렵게 했다.

멀리 내다보고 고민한 끝에 아이를 어린이집에 맡기기로 했다. 아이와는 잠깐이라도 질 좋은 시간을 보내야겠다고 마음먹으며 딱 2년만 고생하면 된다고 스스로를 다독였다.

이런 굳은 결심에도 불구하고 딸을 어린이집에 맡긴 첫날엔 '꼭 이렇게까지 해야 하나'라는 생각에 오열하며 어린이집을 나서기도 했다. 아마도 일종의 분리 불안이었다. 주로 아이에게서 나타나는 불안의 종류라지만 엄마인 나 역시 서로가 서로에게 없으면 안 될 것만 같은 분리 불안을 작게나마 느끼곤 했다. 15개월 이상을 모유수유를 한다고 줄곧 붙어살았으니 떨어져 지내는 게 어색할 수밖에 없었다. 무엇보다 아이에게 감정이입을 하는 게 컸다. 이를테면 아이를 떼어 놓고 돌아서 문을 열고 나갈 때 '아이가 어떤 생각을 하고 있을까' 하고 나도 모르게 나의 어린 시절로 돌아가 아이 모드로 생각을 하는 식이었다.

'엄마가 나를 두고 어딜 간 걸까, 돌아오기는 할까, 엄마 품에 안기고 싶은데 안길 곳이 없네. 이제 만화 영화도 끝났는데 아직도 엄마가 안 왔네. 나를 아주 두고 간

건 아니겠지. 엄마 없는 이곳이 너무 무서워. 마음 기댈
곳이 없어.'

　내 아이가 나라도 된 듯 이런 생각을 하니 불안할 수밖
에 없었다. 그건 내가 어릴 때 엄마를 생각하며 느낀 감
정이기도 했다.

　대학원에 다니던 초반에는 감정 이입인지 상상인지
모를 것들이 나를 괴롭혀 학업에 집중할 수가 없었다.
육아 걱정에 학업 스트레스까지 더해져 남편에게 예민
하게 군 날도 부지기수였다. 잠을 충분히 자지 못하고
끼니도 제때 챙기지 못한 탓도 있었다. 그래서 매일 휴
학을 생각했다. 그러나 바로 지금까지 버틴 게 아까워
'내일까지만… 내일까지만…' 하며 꾸역꾸역 참다 보니
고통 속에도 졸업이라는 열매가 맺혔다.

　비록 쓰린 인고의 시간이 있었지만 다행히 지금은 바
라던 대로 프리랜서 번역가로 일하며 집안 경제에 보탬
이 되고 아이도 돌볼 수 있는 삶을 살게 되었다. 아이가
잘 성장하고 있는 지금에 와서는 나쁘지 않은 선택이었

다고 생각한다. 돌이켜 보면 최고의 선택도 최악의 선택도 없는 것 같다. 좋은 선택이라고 생각한 게 후회를 불러올 수도 있고, 최악이라 생각한 것이 의외의 좋은 결과를 가져오기도 하니 말이다. 그러니 새로운 일을 시작할 때 지레 겁먹지 않았으면 좋겠다. 나도, 당신도.

메달을 따면
어머니를 볼 수 있을까요?

*

봅슬레이 국가대표 선수인 강한의 기사를 보았다. 그는 열다섯 살에 자기를 낳은 뒤 보육원에 두고 간 엄마가 보고 싶다고 했다. 단 한 번만이라도 마주 앉아 같이 밥을 먹고 싶다고 말이다.

내 마음엔 엄마에 대한 미움이 아직 남았는지 그의 '보고 싶다'는 말이 이해가 되지 않았다. 실은 미워하는 게 당연하지 않을까 싶다. 입버릇처럼 이젠 아무렇지 않다고 했는데 아무렇지 않은 게 아닌가 보다. 엄마에 대한 미움도 사랑도 이제는 없다고 생각했는데 강한 선수의 이야기가 이해되지 않는 걸 보면 나는 아직 그분을 미워하거나 혹은 그리워하고 있는지도 모르겠다.

나를 낳아 준 분이 궁금한 적은 있었다. 하지만 유대 관계도 없고 기억도 없다 보니 보고 싶다는 생각은 들지 않았다. 영원히 만나지 않고 살 수 있다면 그게 더 편하겠다는 마음이었다. 그런데 강한 선수의 기사를 읽다 보니 마음이 불편해졌다. 이전엔 그런 생각이 들면 애써 무시하려 했지만 지금은 내게 남은 감정이 무언지 들여다보려고 한다. 남은 감정이 미움이라면 만나지도 못한 사람을 미워할 필요가 있을까 싶다. 그러다 결국 나도 모르게 그분을 많이 기다렸구나라는 생각에 다다른다.

기다림에 지쳐 포기하고 가슴이 무뎌진 걸 그저 '아무렇지 않다'라고 착각했는지도 모르겠다. 떠났을 땐 사정이 있었을 것이고 보러 오지 못하는 데에도 이유가 있을 거라고. 나는 단 한 명만이 알고 있을 그 답을 찾아 혼자 이리저리 추측해 보았다. 하지만 단 한 번의 연락조차 하지 못하는 사정이라는 게 무엇인지 지금도 답을 구하지는 못했다. 그게 지금 내 마음이 불편한 이유일 것이다.

강한 선수가 어려운 상황 속에서 국가대표가 된 동력은 나와 다르지 않을 것 같다. 먼 곳에 있더라도 반짝반짝 빛나는 나를 그분이 보길 바랐을 것이다. 그렇게 한 번쯤 다시 나를 기억하기를 바라며 자신을 단련하지 않았을까 싶다.

강한 선수는 국가대표가 되어 엄마를 향해 직접 어려운 발걸음을 내딛었다. 그런데 그의 어머니는 무슨 사정이 있어서인지 먼 훗날 만나러 오겠다는 약속만 남긴 채 끝내 만남을 거절했다. 그런 모습을 보자니 차마 내 출생의 근원에 대한 궁금증을 풀어낼 용기가 나지 않았다. 강한 선수의 용기가 대단하다는 생각이 드는 한편 그냥 이렇게 사는 게 속 편하겠다 싶다.

열두 살 때 나는 할머니에게 어깨너머로 화투점을 배웠다. 꾀꼬리와 봄의 전령사인 매화가 그려진 패가 나오면 할머니는 좋은 소식이 올 거라고 했다. 할머니가 아침에 일어나 운수를 떼어 보며 "오늘은 소식이 들겠네."라고 하면 '오늘은 엄마가 연락하지 않을까' 하며 혼자 설레었다. 끝내 좋은 소식은 오지 않았고 이제는 소식조차 바라지 않는 내가 되었다고 말하지만 나는 다시 엄마에 대해 글을 쓰는 나를 발견한다.

불쌍하지
않습니다

    얼마 전 방송인 사유리가 아들을 낳았다. 이 소식은 다른 어떤 여성의 출산 소식보다 크게 회자되었다. 남편 없이 아이를 낳았기 때문이다. 그녀의 선택은 암수가 서로 정다워야 비로소 가정이 이뤄진다는 통념을 가진 사회에 큰 파장을 일으켰다. '나의 분신을 만나기 위한 최우선 과제는 함께할 사랑하는 사람을 찾는 것'이라는 사고의 틀을 부순 거라고도 할 수 있다.

    그런데 이렇게 변해 가는 세태와는 무관하게 혹자는 아빠 없이 태어난 사유리의 아이를 불쌍하다며 안타까워했다. 한 부모 가정에서 태어나도 괜찮은지에 관한 아기의 의견이 반영되지 않았다는 것이다. 그렇게 치면 세상에 태어나는 어떤 사람도 어느 가정에 태어나고 싶다고 의사를 표해서 태어난 게 아니지 않느냐고 반박하고 싶지만 일반적으로 있어야 할 누군가를 배제한 것이니 그렇게 생각할 수도 있겠다 싶다. 하지만 원래 출생이라는 게 그런 것 아닌가. '너 혹시 우리 집에 태어나고 싶니?' 하고 의견을 물어 출산하는 것은 애초에 불가능하니까.

나는 사람들에게 한 부모 가정의 아이를 '불쌍한 사람'으로 보지 말라고 부탁하고 싶다. 종종 어려움을 겪기는 하지만 당신과 비슷한 비율로 기쁜 날도 슬픈 날도 있으니 가엾다는 불편한 시선은 거두어 주기를 바란다.

그리고 그간 한쪽 부모님 없이 고생 많았다며 애정 어린 말을 건네는 사람에게 눈을 치켜뜨며 '내가 뭐가 불쌍해요?'라고 되받아칠 것은 아니라고 나와 비슷한 환경에서 자라고 있는 이들에게 말해 주고 싶다. 이런 말은 따뜻한 마음의 표현이니 적당한 선에서 고개를 주억거리며 '예, 그래도 이제는 괜찮아요'라며 짐짓 밝은 표정을 지으면 된다. 이래야 상대도 안심하고 나도 마음이 편하기 때문이다.

누군가는 나를 불쌍하게 볼 수도 있고 반대로 그 와중에 행운인 삶을 살았다고 볼 수도 있다. 내가 어떻게 살아왔는지를 쉽게 평가하는 타인의 목소리에 귀를 기울이지 말자. 스스로 나의 삶을 어떻게 느끼고 생각하는지가 더 중요하다.

어떤 면에선 육체적으로나 정신적으로 남들보다 조금 더 고생했을 수도 있고 아닐 수도 있다. 어쨌거나 누구의 삶이 힘들었냐 아니냐는 상대적인 이야기이기 때문이다.

사유리의 아이가 불쌍하다의 전제는 '그 아이에게 아빠가 있었다면 없는 것보단 좋았을 텐데'라는 사고에서 시작한다. 무조건 있어서 좋은 '무엇'이라면 없는 것이 안타깝겠지만 가정에 따라 없느니만 못한 구성원도 있다. 그러니 '있으면 좋다, 없으면 나쁘다'라는 이분법 논리에서 벗어났으면 좋겠다.

사람들의 우려에 사유리는 당당하게 말한다. 아들이 어느 정도 큰다면 자신이 진정 불행한 사람인지 행복한 사람인지를 결정할 수 있을 거라고. 그때까지 엄마로서

아이가 행복하다고 말할 수 있도록 책임을 다할 것이라
고 말이다.

한 부모 가정은 일반적으로 통용되는 '정상 가정' 대비
어려운 삶을 사는 게 평균적이다. 그래서 측은하게 바라
보는 것이 자연스러운 행동임을 안다. 하지만 누구에게
나 완벽한 삶이 주어지진 않으며 어떤 면이든 부족함은
지금 당신에게도, 나에게도, 누구에게나 있다고 생각하
면 좋겠다. 때로 부족함이 동력이 되어 더 큰 힘을 발휘
하기도 한다. 불쌍하다, 불쌍하지 않다, 그건 남이 아닌
내가 결정하는 것이다.

한 부모 가정의 아이를
어떻게 대하면 좋을까요?

얼마 전 지인에게 한 부모 가정을 주제로 책을 쓰고 있다고 했더니 그들을 대하는 현명한 방법이 무엇이냐고 물었습니다. 어떻게 대해야 자존심을 건드리지 않고 기분을 상하지 않게 하는 것인지 적절한 선을 알려 달라는 말이었죠.

한동안 어떤 대답을 해야 할지 고민했습니다. 조심스럽게 다가가라고 해야 할까? '난 엄마가 없어'라는 말을 들으면 '아, 그래?' 하고 아무렇지 않은 척 주제를 바꿔 보라고 할까? '나도 힘든 일이 있는데 말이야…' 하며 공감대를 형성해 보라고 할까? 그들을 대하는 자세라는 게 과연 있기는 한 걸까.

여러 날의 고민 끝에 답을 내었습니다. 옆집에 사는 이웃과 이웃집 아이를 떠올리니 쉬웠습니다.

여러분은 평소 옆집 아이를 어떻게 대하시나요? 이맛살을 찌푸리며 '어머나, 저런, 쯧쯧쯧'과 같은 감탄사를 내뱉거나 혹여 상처받을까 조심스럽게 행동했던가요? 아마 아니었을 겁니다. '학교 갔다 오니? 요새 키가 부쩍 크네?'와 같은 평범한 일상을 얘기하고 가볍게 지나쳤을 거예요. 제 생각엔 그거면 충분합니다. 다른 사회 구성원들과 다를 바 없이 대하면 가장 좋을 것 같습니다. 타인이 안타깝게 바라보는 시선을 알아차렸을 때부터 저는 저를 연민의 대상으로 바라보기 시작했습니다. 그러니 마음이 아프더라도 최대한 평소와 다를 바 없이 대해 주면 좋겠습니다. 특별한 방법은 없는 것 같아요.

한 부모 가정의 부모님과 자녀 여러분, 남의 시선을 의식하면 나의 내면을 돌보기보다 남들에게 어떻게 보일지 연연하여 겉모습에 더 치중하게 됩니다. 그런 생각과 태도는 제가 인생을 살아오면서 도움보단 해가 되었습니다. 남의 시선을 걱정하는 데 시간을 허비하느라 상처로 얼룩진 내면을 돌보지 못했기 때문입니다.

내면이 불안정하니 무엇을 해도 쉽게 무너졌습니다. 겉으로는 아무렇지 않은 척했지만 내면은 생각보다 괜찮지 않았다는 걸 그때는 몰랐습니다. 당신도 덮어 놓고 열어 보지 않으려는 상처가 있다면 꺼내어 돌아보고 괜찮지 않다는 걸 알아 주세요. 두렵더라도 상처가 낫기를 바란다면 언젠가 내 마음을 마주하는 시간을 가졌으면 좋겠습니다.

그리고 작은 일이라도 시도하고 성취감을 느끼며 스스로 가치 있고 쓸모 있는 사람이라는 것을 깨닫기를 바랍니다. 자신감을 갖고 당당하게 살아가기 어려운 환경이라는 것을 누구보다 잘 알고 있습니다만 그럼에도 자신을 사랑하는 노력을 했으면 합니다. 저도 자신을 사랑하는 방법이 무엇인지, 왜 사랑해야 하는지를 몰라 한참을 헤맸습니다. 누군가를 돕는 기쁨을 통해 자신의 효용성을 느껴 봐도 좋을 것입니다. 어떨 땐 내가 어떤 사람인지 가만히 들여다보고 그저 인정해 주는 것만으로도 안정감이 들어 좋다는 생각을 합니다.

　타인에게 의지하고 인정을 갈구하기보다는 나를 있는 그대로 인정하면 좋겠습니다. 내가 당당하고 자신을 귀히 여길 때 상대도 거울처럼 나를 대한다는 것을 느끼기 때문입니다.

　세상도 점점 나아지고 있습니다. 당신에 대한 편견 어린 시선과 인식도 어제보다 하루하루 더 나아질 거예요. 그러니 밥도 잘 먹고 일도 열심히 하세요. 당신의 날이 곧 올 것입니다.

어두운 밤 가장 밝게 빛나는 사람들에게

한 부모 가정에서 힘든 사춘기 시절을 보내고 상처 입은 마음은 돌보지 못한 채 두 아이를 키우는 엄마가 되었습니다. 여렸던 그 시절의 나와 같은 상황을 겪은 이들에게 말하고 싶습니다. "괜찮아! 넌, 지금 아주 잘하고 있어!" -dd-

"문득문득 찾아오는 그 슬픔이 네 삶의 단비가 되어 줄 거야. 난 그렇게 믿어. 넌 그만큼 충분히 소중하고 아름다우니까." 라고 말하고 싶어요. 제 딸에게, 또 제 딸과 같은 한 부모 가정 아이들에게요. -동글이-

부모가 두 명이면 좋지만 그건 그저 숫자일 뿐이죠. 아이에게 부모의 존재는 숫자가 중요한 건 아니에요. 이 땅의 모든 한 부모 가정에게 위로가 되길 바랍니다. -엘리사랑-

'괜찮아, 정말 괜찮아!' -다독작가 모니카-

남과는 조금 다른 형태의 가정에서 오늘도 열심히 꽃 피우는 사람들을 응원하겠습니다. -틀림에서 다름으로-

어떤 이들에게는 '아빠'나 '엄마'는 슬프고, 그립고, 부르고 싶은 단어일 겁니다. 그래도 매일 슬프진 않아요! 부디 이 책이 나와 같은 이들의 마음을 어루만져 주고 따스한 온기로 다가가기를 진심으로 바랍니다.

-설레어-

고통스럽긴 해도 아픔과 결핍은 이해와 공감의 폭을 넓히고 사람을 성장하게 만드는 것 같아요. 슬프지만 또 다른 사랑으로 부모님의 빈자리를 채워 봅니다. '나는 더 성숙해졌고, 사랑도 커진 사람이 되어 가는 중'이라고 믿습니다. 모두 각자의 자리에서 힘내길!

-다샤-

이 책은 어린 시절 저에게 다가와 따뜻한 포옹과 위로를 전해 줬습니다. 읽는 동안 얼어 있던 마음 한구석이 사르르 녹는 기분이었습니다. 부디, 저뿐만 아니라 저와 같은 어른 또는 아이들에게도 그 진심이 전해지길 바랍니다.

-아들 둘 아빠-

부모의 품에서 정상적으로 자란 아이는 튼튼한 울타리가 세워진 집에서 자란 것과 같습니다. 튼튼한 울타리가 없다면 각자에게 허락된 독창적인 방법과 지혜로 자신의 집을 지켜나가면 됩니다. 엄마가 없다고 매일 슬프진 않습니다. 고독한 적도 있었지만 상황에 맞게 행복을 찾으면 그만입니다.

-낭기-

한 부모 가정에서 자란 통역사의 성장 에세이
엄마가 없다고 매일 슬프진 않아

초판 1쇄 인쇄 2021년 8월 19일
초판 1쇄 발행 2021년 8월 26일

지은이 박정은

대표 장선희
총괄 이영철
책임편집 정시아
기획편집 이소정
마케팅 최의범, 강주영, 이정태
디자인 최아영 **교정교열** 이효원
일러스트 반지수

펴낸곳 서사원
출판등록 제2018-000296호
주소 서울시 마포구 월드컵북로400 문화콘텐츠센터 5층 22호
전화 02-898-8778 **팩스** 02-6008-1673
이메일 seosawon@naver.com
블로그 blog.naver.com/seosawon
페이스북 www.facebook.com/seosawon
인스타그램 www.instagram.com/seosawon

ⓒ박정은, 2021

ISBN 979-11-90179-90-4 03810

서사원은 독자 여러분의 책에 관한 아이디어와 원고 투고를 설레는 마음으로 기다리고 있습니다.
책으로 엮기를 원하는 아이디어가 있으신 분은 이메일 seosawon@naver.com으로 간단한 개요와 취지,
연락처 등을 보내주세요. 고민을 멈추고 실행해보세요. 꿈이 이루어집니다.